"... DE LA PLANÈTE" ?
EN EFFET...
... ET, BIENTÔT, DE LA GALAXIE.
"FIN"
HOTEL California
BINGO

À VOTRE AVIS, VOTRE PASSÉ POURRAIT-IL PORTER PRÉJUDICE À VOTRE CARRIÈRE MUSICALE ?
QUELLES SONT VOS ATTENTES PAR RAPPORT À CET ALBUM ?
IL SERA BIENTÔT DISPONIBLE DANS LE MONDE ENTIER.
MON SOUHAIT EST QUE MES CHANSONS SOIENT ÉCOUTÉES PARTOUT...
... QUE MA VOIX RÉSONNE DANS CHAQUE RECOIN DE LA PLANÈTE.
PAF !

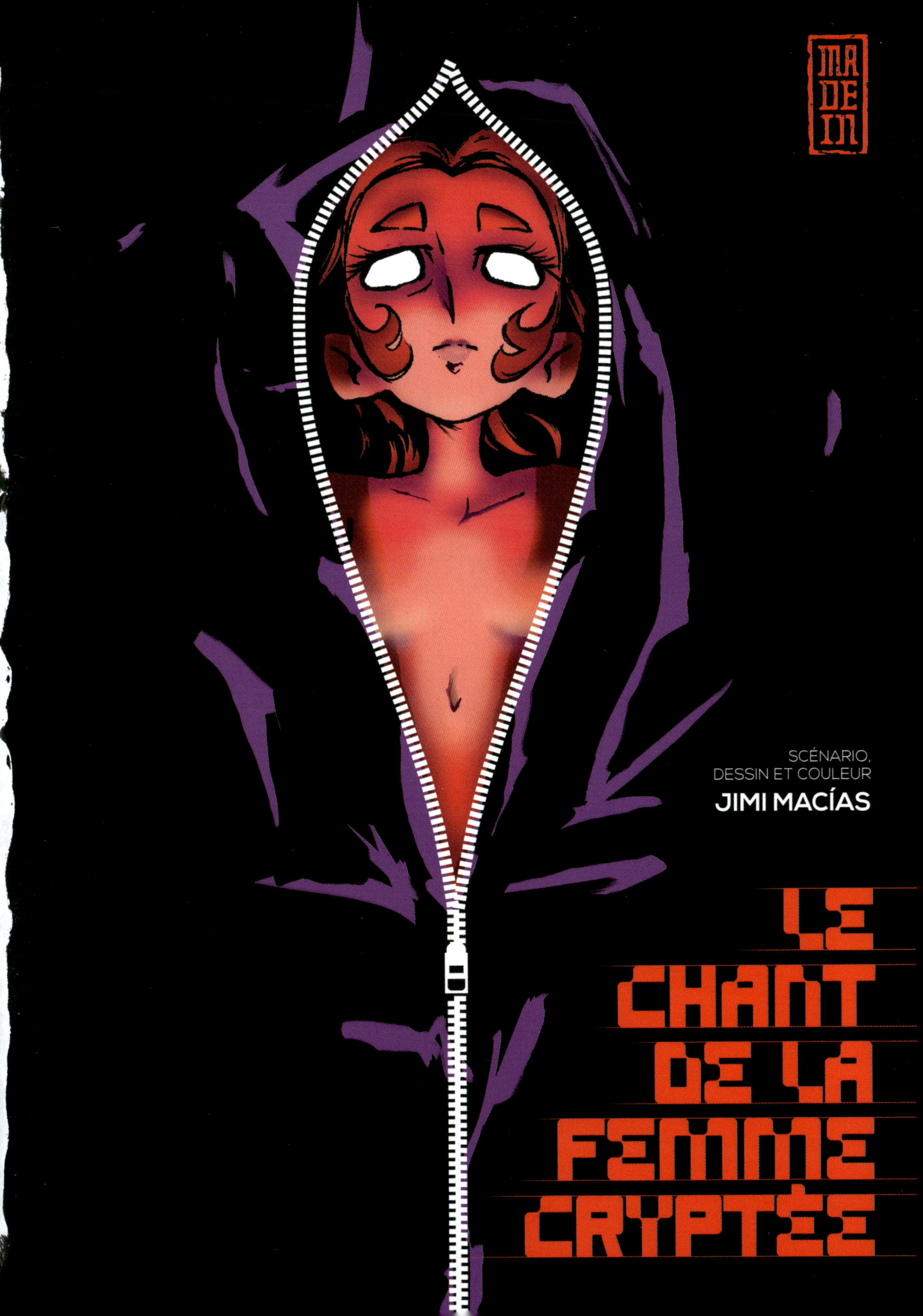

MADE IN

SCÉNARIO,
DESSIN ET COULEUR
JIMI MACÍAS

LE CHANT DE LA FEMME CRYPTÉE

DRRRING !!

Le son du réveil annonce l'heure de se lever pour aller à l'école.

Dans la cuisine, ma mère prépare le petit déjeuner, sûre que je me suis déjà levé, car, comme tous les matins, avant que l'alarme ne sonne, je suis déjà devant la télévision plongé dans les dessins animés.

Les après-midis, je préfère passer du temps dans ma chambre à lire ou à fabriquer mes propres comics avec des feuilles de papier pliées et agrafées, où des personnages sortis de mon imagination interagissent avec les héros de mes émissions préférées dans un crossover magique.

Mais les années passent vite ; je dois étudier, trouver un emploi, me poser… Peu à peu, l'enfance a cédé la place à l'âge adulte. Dans cette chambre d'enfant, il ne se passait plus rien et, ainsi, sans m'en rendre compte, je m'éloignais de ce qui me rendait le plus heureux : raconter des histoires.

Cependant, il n'y a pas si longtemps, j'ai pris la décision de ne plus laisser filer mon rêve. Et cela est largement dû à mon éditeur, Timothée Guedon, qui non seulement a défendu ce projet pendant les années de développement et de production, mais qui a aussi toujours été là, me donnant une liberté créative tout en me faisant garder les pieds sur terre. Merci à lui de croire en moi et de raviver ma passion.

Bien sûr, merci aussi à mon Berji et à Martin, pour leur aide et d'accepter mes moments d'isolement.

Merci à mes parents et à ma famille. Merci à Dieu.

Ce manga est dédié à la femme la plus forte de la galaxie : ma sœur Onuba.

– Jimi Macías

PAGE 14 : : Traduction des paroles de la chanson de « Pim Pam Fuego », de Rafael de León & Juan Solano, 1971

PAGE 112 : Traduction des paroles de la chanson de « Suspiros de España », de Antonio Álvarez Alonso & José Antonio Álvarez Cantos. 1938.

LE CHANT DE LA FEMME CRYPTÉE

Première édition

Achevé d'imprimer en juillet 2024 • Dépôt légal : août 2024
D/2024/0086/295 • ISBN 978-2-5051-1684-4

Conception graphique : Nicolas Cardeilhac

Imprimé et relié en France par SEPEC - AGM, Rue des Potiers 76440 Forges-les-Eaux

BUDDA
BUDDA
POLICIA
BUDDA
BUDDA
BUDDA
BUDDA

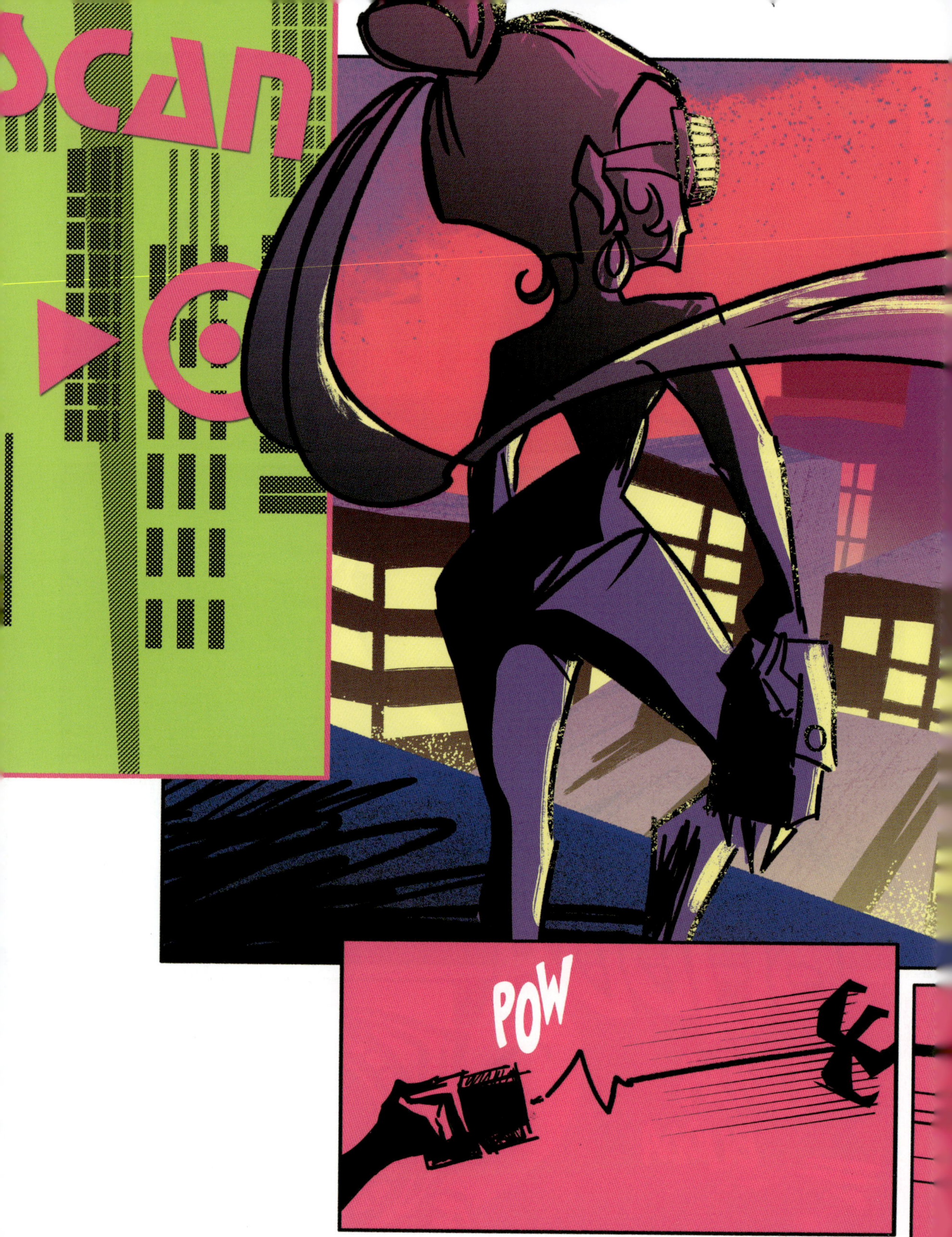
SCAN
POW

/Le traité pour l'Entente des peuples de 2068 a mis un terme à la seconde guerre civile espagnole. /De nouveaux États indépendants sont nés sur les cendres de l'ancien royaume. /Cependant, loin d'apporter la paix, ce traité n'a fait qu'exacerber les tensions politiques.
// ANNÉE 2122, BENIDORM.
KLAK
TAK!

THUD!
ZZZZ

123
456
789
C8E
123
456
789
C8E
UNLOCKED

RRASS!
KLAKLANK!
CRUNK!
00:00:10

BZZZZ
VROM

LE CHANT
DE LA FEMME
CRYPTÉE
Loading
...
File 01/
CARMEN

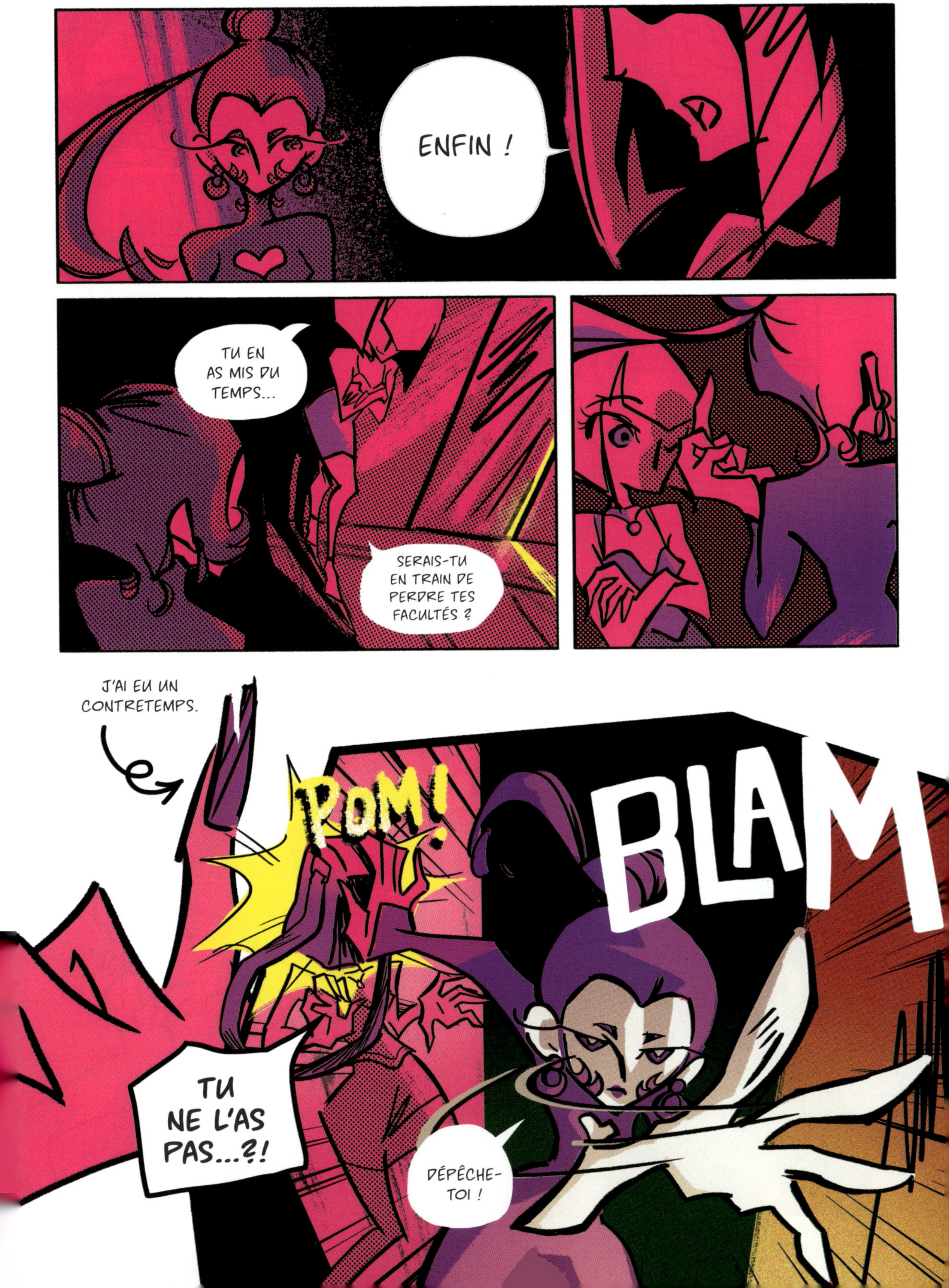
ENFIN !
TU EN AS MIS DU TEMPS...
SERAIS-TU EN TRAIN DE PERDRE TES FACULTÉS ?
J'AI EU UN CONTRETEMPS.
POM!
BLAM
TU NE L'AS PAS...?!
DÉPÊCHE-TOI !

* ORNEMENT TRADITIONNEL HISPANIQUE GÉNÉRALEMENT PORTÉ SOUS UNE MANTILLE COUVRANT LA TÊTE.

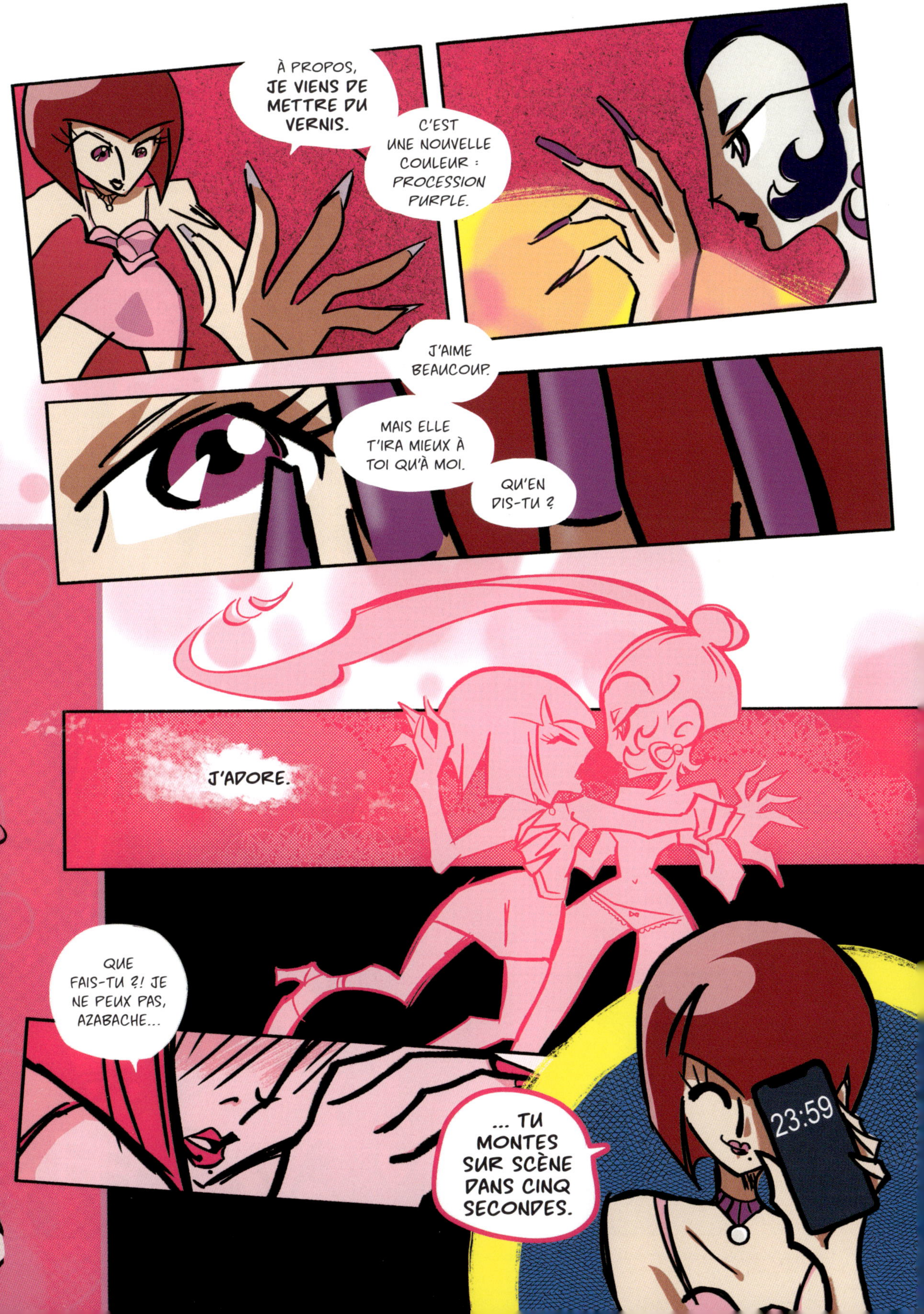
À PROPOS, JE VIENS DE METTRE DU VERNIS.
C'EST UNE NOUVELLE COULEUR : PROCESSION PURPLE.
J'AIME BEAUCOUP.
MAIS ELLE T'IRA MIEUX À TOI QU'À MOI.
QU'EN DIS-TU ?
J'ADORE.
QUE FAIS-TU ?! JE NE PEUX PAS, AZABACHE...
... TU MONTES SUR SCÈNE DANS CINQ SECONDES.
23:59

* GENRE MUSICAL TRADITIONNEL ESPAGNOL DONT LES SUJETS ABORDÉS SONT PRINCIPALEMENT L'AMOUR, LA JALOUSIE ET LA DÉCEPTION AMOUREUSE.

OLE !!
GLUPS
RAVIE DE VOUS VOIR...
... INSPECTEUR SÁNCHEZ !
ÇA FAISAIT LONGTEMPS... JE PEUX M'ASSEOIR ?
TU ES CHEZ TOI !
CARMINA, S'IL TE PLAÎT !

DALMOR
50
TU NE COMPTES PAS FÊTER NOS RETROUVAILLES ?
JE BOIS UNIQUEMENT AVANT DE MONTER SUR SCÈNE.
MAIS JE SUPPOSE QUE VOUS N'ÊTES PAS VENU ICI POUR ME SOUMETTRE À UN ÉTHYLOTEST...
BIEN SÛR QUE NON.
J'AI RACCROCHÉ.
VRAIMENT ? LES INFORMATIONS DONT ON DISPOSE INDIQUENT LE CONTRAIRE.
DE QUOI S'AGIT-IL, CETTE FOIS-CI ?
D'UN TRAFIC D'AMPHÉTAMINES ?
D'UN CHARGEMENT D'ALCOOL FRELATÉ FRANCHISSANT LA FRONTIÈRE CATALANE ?
D'UN TUEUR EN SÉRIE.

ÇA NE M'INTÉRESSE PAS.
ATTENDS !
CARMINA, RACCOMPAGNE CE MONSIEUR JUSQU'À LA SORTIE.
O.K. !
INUTILE !
JE CONNAIS LE CHEMIN.
GARDE LA MONNAIE, MA JOLIE !

JE TE SERS UN VERRE ?
"MA JOLIE" ? QUEL CRÉTIN ! IL NE CHANGERA JAMAIS.
TU DEVAIS JUSTE DÉSACTIVER LE SYSTÈME DE SÉCURITÉ DE L'IMMEUBLE !
TU AS FAILLI TOUT FAIRE FOIRER !
JE NE T'IMAGINAIS PAS SI RANCUNIÈRE.
BRMBLL
KKKKRRRAKK

SHARRR
VROM
ARRÊTE-TOI !
LA ROSA NEGRA
SKREEEEEEE!
QU'EST-CE QUI TE PREND ?!
JE L'AI OUBLIÉ DANS L'ARMOIRE DE LA LOGE.
QUOI ?!

JE NE SUIS PAS SON ESCLAVE, BORDEL !
POUR QUI ELLE SE PREND ?!
ON EST CENSÉES FORMER UNE ÉQUIPE !
MOI AUSSI, JE PRENDS MON TRAVAIL AU SÉRIEUX...
OÙ AI-JE BIEN PU LE DÉPOSER...?
AVEC SON HUMEUR DE CHIEN...
... SI JE LUI AVAIS DIT QU'EN RÉALITÉ J'AVAIS OUBLIÉ MON VERNIS À ONGLES, ELLE M'AURAIT ÉJECTÉE DE LA MOTO !

KRAKATHOOM

OUI, ON S'ÉTAIT PRIS LA TÊTE ! **COMME DES MILLIERS DE FOIS !**
CARMINA NE SERAIT JAMAIS PARTIE POUR UNE BANALE DISPUTE.
LES RAISONS QUI POUSSENT UNE PERSONNE À S'EN ALLER SONT IMPRÉVISIBLES.
EN GÉNÉRAL, LES PERSONNES "DISPARUES" RÉAPPARAISSENT SAINES ET SAUVES.
/QG de la *Guardia Civil* de Benidorm.
MAIS ÉTANT DONNÉ LES CIRCONSTANCES...
SWITCH

ROCÍO HURTADO, 27 ANS
HIER, DANS UN BOIS SITUÉ À L'EXTÉRIEUR DE LA VILLE, UN CHASSEUR EST TOMBÉ SUR LE CORPS SANS VIE D'UNE FEMME. ELLE S'APPELAIT ROCÍO HURTADO.
MARTÍNEZ, 35 AN
UNE SEMAINE PLUS TÔT, LE CADAVRE DE CONCHA MARTÍNEZ A ÉTÉ DÉCOUVERT FLOTTANT SUR LA MER PAR DES TOURISTES ALLEMANDS.
IL Y A CINQ ANS, **UNE AUTRE FEMME** A DISPARU ET A ÉTÉ RETROUVÉE DANS LES MÊMES CIRCONSTANCES.
LE LIEUTENANT **DOLORES RODRÍGUEZ** A ÉTÉ ENVOYÉ PAR L'UCO, L'UNITÉ CENTRALE DES OPÉRATIONS, POUR SUPERVISER L'ENQUÊTE.
LES AUTOPSIES ONT RÉVÉLÉ QUE LES VICTIMES AVAIENT ÉTÉ TORTURÉES ET AGRESSÉES SEXUELLEMENT.
LES BLESSURES MORTELLES ONT ÉTÉ INFLIGÉES, DANS LES TROIS CAS, PAR **LA MÊME ARME...**

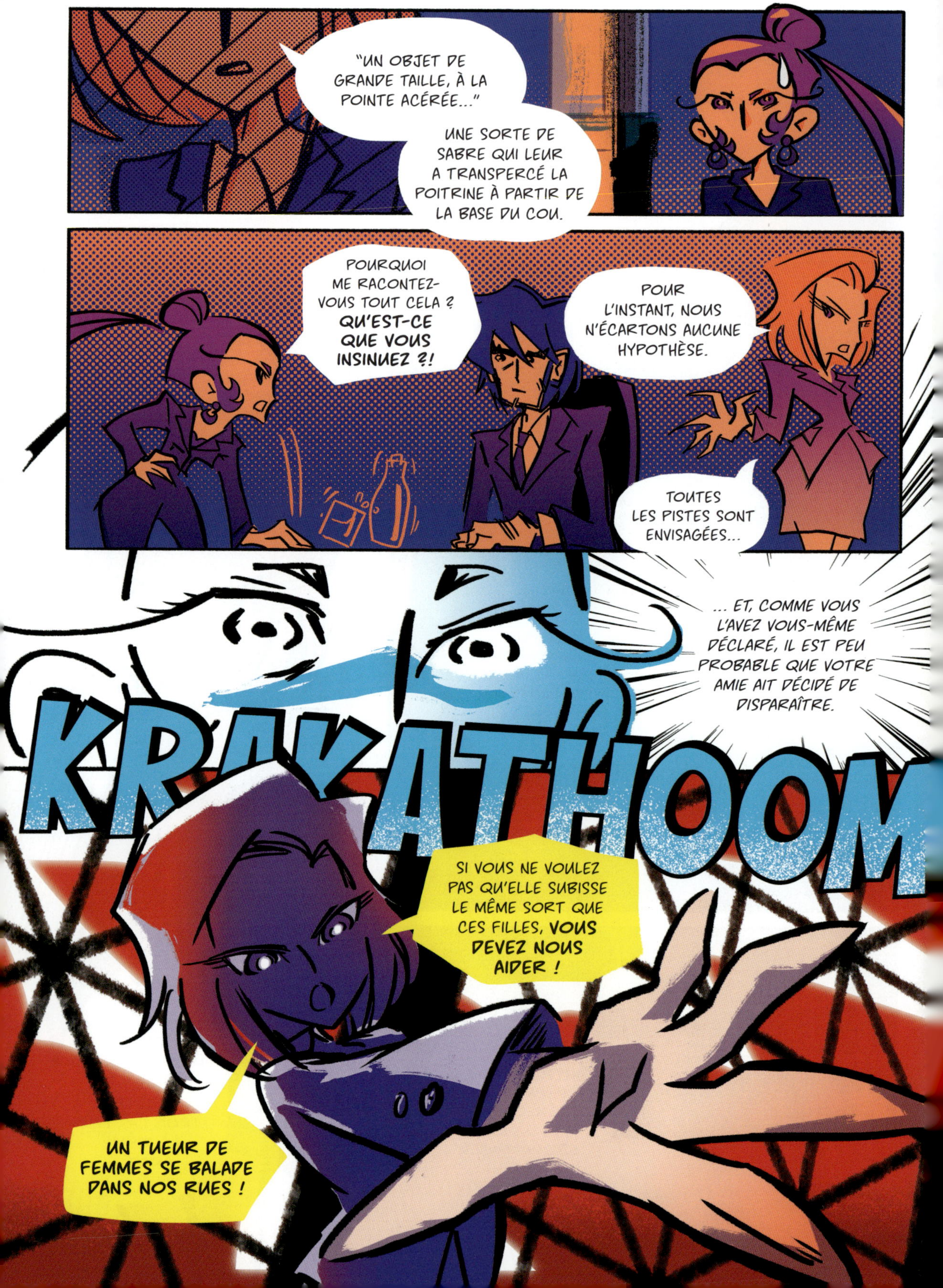
"UN OBJET DE GRANDE TAILLE, À LA POINTE ACÉRÉE..."
UNE SORTE DE SABRE QUI LEUR A TRANSPERCÉ LA POITRINE À PARTIR DE LA BASE DU COU.
POURQUOI ME RACONTEZ-VOUS TOUT CELA ? QU'EST-CE QUE VOUS INSINUEZ ?!
POUR L'INSTANT, NOUS N'ÉCARTONS AUCUNE HYPOTHÈSE.
TOUTES LES PISTES SONT ENVISAGÉES...
... ET, COMME VOUS L'AVEZ VOUS-MÊME DÉCLARÉ, IL EST PEU PROBABLE QUE VOTRE AMIE AIT DÉCIDÉ DE DISPARAÎTRE.
KRAKATHOOM
SI VOUS NE VOULEZ PAS QU'ELLE SUBISSE LE MÊME SORT QUE CES FILLES, VOUS DEVEZ NOUS AIDER !
UN TUEUR DE FEMMES SE BALADE DANS NOS RUES !

AVEZ-VOUS ENTENDU PARLER DE **L'IMMERSION**, MADAME MONTOYA ?
ZIP!

MIAOU !
MIAOU !
BIEN SÛR...!
HONNEUR AUX DAMES.
LUNA
EXCUSE-MOI. AUJOURD'HUI, JE SUIS RENTRÉE PLUS TARD QUE D'HABITUDE. CE N'EST PAS TA FAUTE.
CHATTE INGRATE...
L'"IMMERSION" ?

EN EFFET.
IL S'AGIT D'UNE TECHNIQUE UTILISÉE POUR RÉCUPÉRER DES INFORMATIONS QUI SUBSISTENT DANS LE CERVEAU D'INDIVIDUS DÉCÉDÉS.
UN CERVEAU SAIN S'IMMERGE DANS LE CERVEAU DU DÉFUNT GRÂCE À UNE CONNEXION NEURONALE. D'OÙ LE NOM D'IMMERSION.
DEUX CONDITIONS SONT REQUISES. PREMIÈREMENT, LE TEMPS ÉCOULÉ DEPUIS LA MORT CÉRÉBRALE NE DOIT PAS ÊTRE TROP LONG.
DEUXIÈMEMENT, LES "CONTRIBUTEURS" DOIVENT PRÉSENTER UN PROFIL COMPATIBLE, COMME C'EST LE CAS ENTRE CES FEMMES ET VOUS, MADAME MONTOYA.
NON SEULEMENT VOUS ÊTES DU MÊME SEXE ET VOUS AVEZ ENVIRON LE MÊME ÂGE...
... MAIS ROCÍO HURTADO ET CONCHA MARTÍNEZ ÉTAIENT DES CHANTEUSES DE CABARET COMME VOUS.
CARMINA EST SERVEUSE À LA ROSA NEGRA. LA FEMME ASSASSINÉE IL Y A CINQ ANS ÉTAIT STRIP-TEASEUSE...
ON SOUPÇONNE L'AUTEUR DE CES CRIMES DE CHOISIR SES VICTIMES PARMI LES EMPLOYÉES DES LIEUX DE LOISIRS NOCTURNES.

VOUS ÊTES LA SEULE À POUVOIR ACCÉDER À L'UNIQUE SOURCE D'INFORMATIONS DISPONIBLE !
POUVONS-NOUS COMPTER SUR VOTRE COLLABO-RATION ?
TAP!
C'EST UN TRUC DE DINGUE !

LA CARTE DE LA LUNE...
KRAK

AHOOM
LIEUTENANT RODRÍGUEZ...?
NOUS POUVONS COMMENCER.

LE CHANT DE LA FEMME CRYPTÉE
Loading
...
File 02/ CONCHA
UNE SOLUTION SYNTHÉTIQUE D'HÉMOGLOBINE OXYGÉNÉE, DE NUTRIMENTS ET DE CYTOPROTECTEURS EST INJECTÉE PAR PERFUSION DANS LE CERVEAU DU DÉFUNT.
CETTE TECHNIQUE PERMET DE RALENTIR LA MORT CELLULAIRE ET DE RESTAURER LA FONCTION MOLÉCULAIRE, LA VASCULARISATION, L'ACTIVITÉ SYNAPTIQUE SPONTANÉE ET CELLE DES CELLULES GLIALES.
/Laboratoire de Criminalistique de la *Guardia Civil*.
"ET LE TROISIÈME JOUR, IL RESSUSCITA."

LA RESTAURATION DE L'ACTIVITÉ CELLULAIRE N'ENTRAÎNE PAS LA RÉGÉNÉRESCENCE DES FONCTIONS CÉRÉBRALES NÉCESSAIRES À LA CONSCIENCE.
UN COMITÉ ÉTHIQUE SUPERVISE LE PROCESSUS DE A À Z.
VOUS AVEZ SOUVENT RECOURS À CETTE TECHNIQUE, LIEUTENANT ??
EXCUSEZ-MOI, MAIS CELA TIENT DAVANTAGE DU MIRACLE.
EN EFFET.
L'IMMERSION EST UN PROCÉDÉ SCIENTIFIQUE QUI A CONTRIBUÉ À RÉSOUDRE DE NOMBREUX CRIMES.

VOUS N'AVEZ RIEN À CRAINDRE.
VOS SENSATIONS NE SERONT QU'UNE RECONSTITUTION VIRTUELLE.
MAIS VOUS DEVREZ RESTER ATTENTIVE !
VOTRE RÔLE CONSISTE À COLLECTER DES INFORMATIONS DE LA SCÈNE DE CRIME.
VOUS DEVIENDREZ DE FACTO LE TÉMOIN PRINCIPAL DE L'AFFAIRE. VOUS COMPRENEZ CE QUE CELA IMPLIQUE ?
DONNEZ-MOI VOTRE MAIN GAUCHE, MADAME MONTOYA...

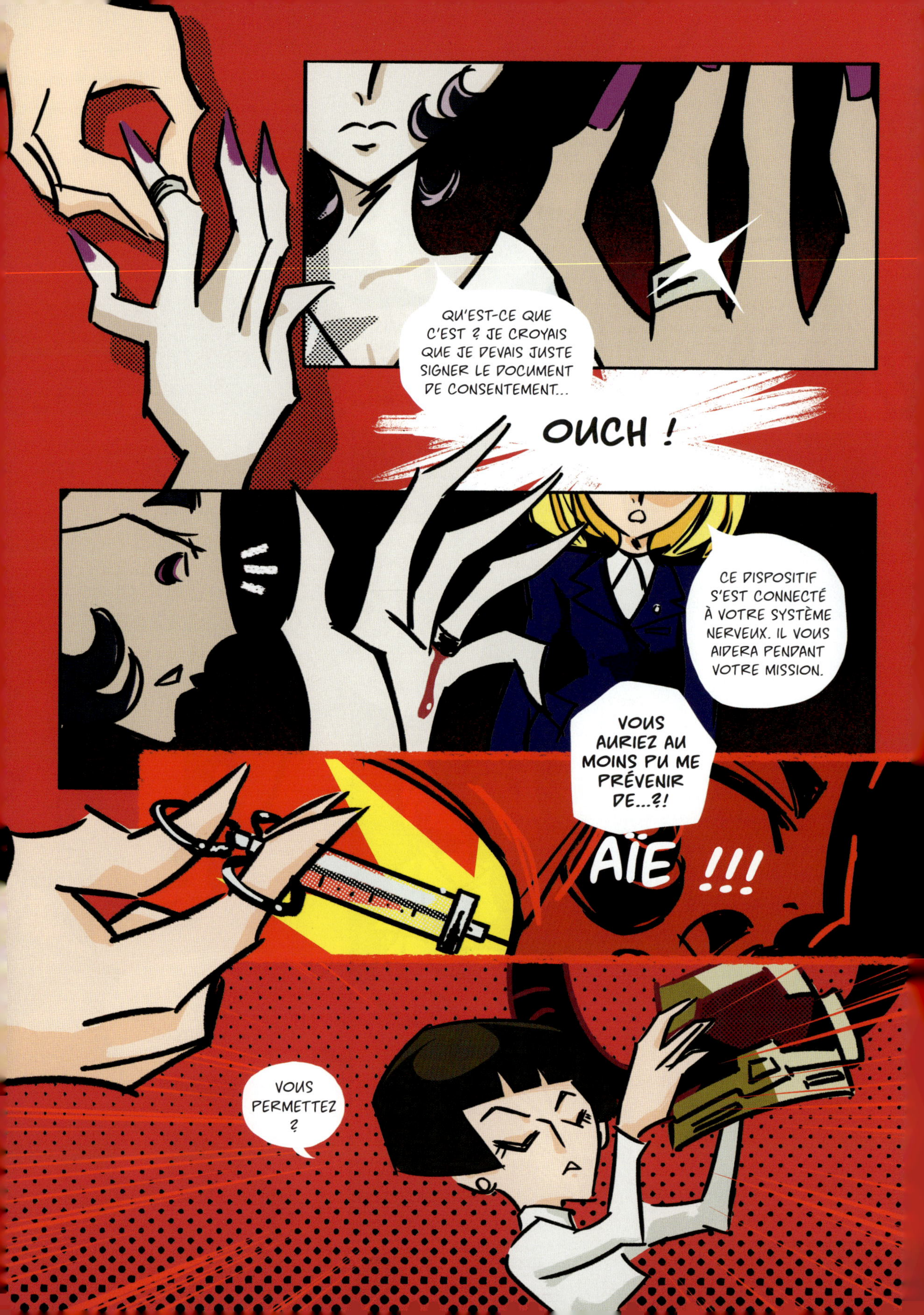
QU'EST-CE QUE C'EST ? JE CROYAIS QUE JE DEVAIS JUSTE SIGNER LE DOCUMENT DE CONSENTEMENT...
OUCH !
CE DISPOSITIF S'EST CONNECTÉ À VOTRE SYSTÈME NERVEUX. IL VOUS AIDERA PENDANT VOTRE MISSION.
VOUS AURIEZ AU MOINS PU ME PRÉVENIR DE...?!
AÏE !!!
VOUS PERMETTEZ ?

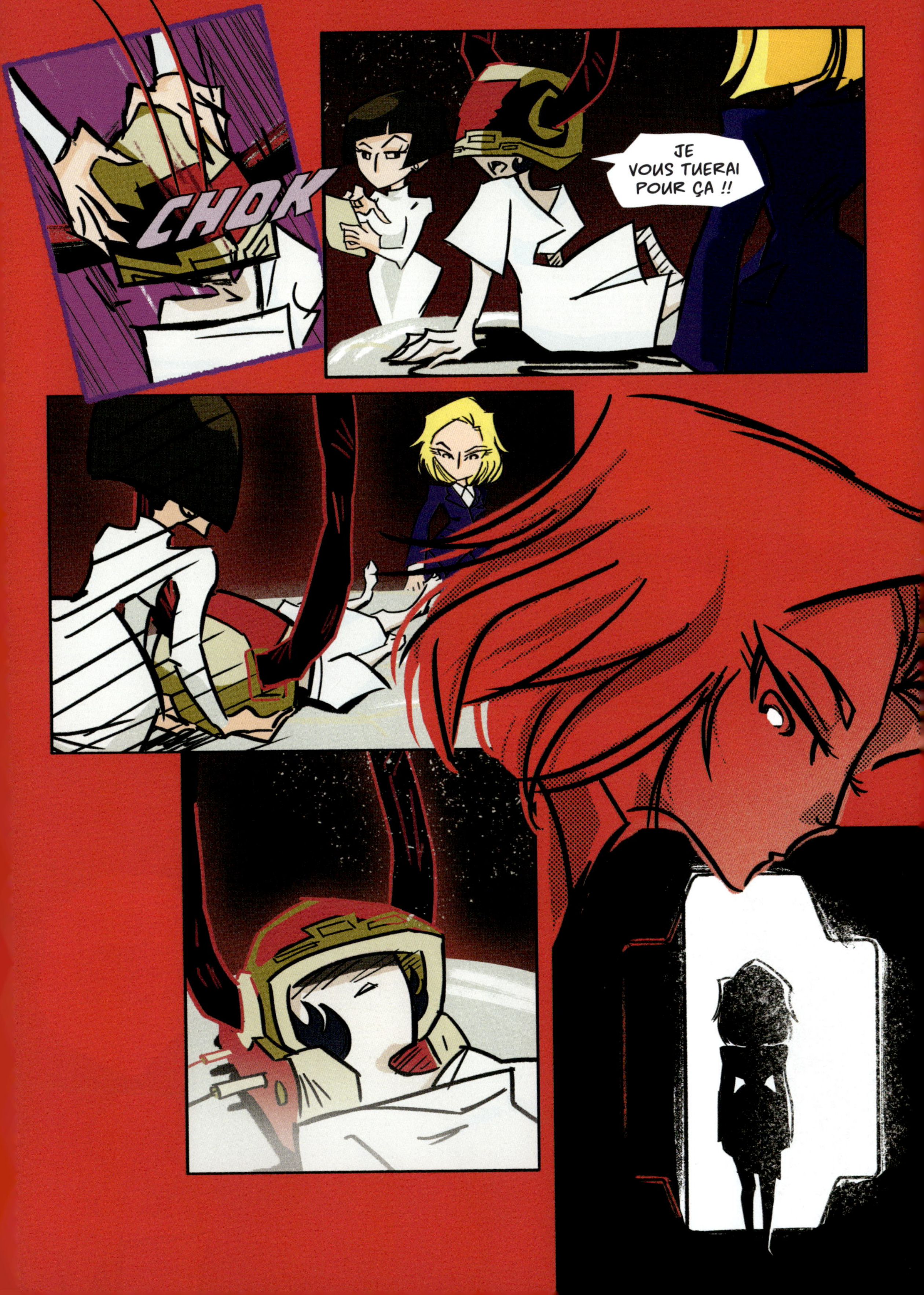
CHOK
JE VOUS TUERAI POUR ÇA !!

DOCTEUR GUÉDON, ON PEUT COMMENCER !
HUM, JE VOIS... LA DÉGRADATION EST TRÈS AVANCÉE.
CELA NE NOUS LAISSE PAS BEAUCOUP DE MARGE DE MANŒUVRE...
L'ÉMULATEUR N'EST PAS COMPLÈTEMENT CHARGÉ.
LE CERVEAU EST CAPABLE DE GARDER LES SOUVENIRS D'UN INDIVIDU MÊME APRÈS SA MORT.
MAIS, AVEC LE TEMPS, LES NEURONES MEURENT. LES SOUVENIRS SE DÉTÉRIORENT AVANT DE FINALEMENT DISPARAÎTRE.
NOUS RÉALISERONS D'ABORD L'**IMMERSION SUR CONCHA MARTÍNEZ**, QUI, D'APRÈS L'AUTOPSIE, AURAIT ÉTÉ LA PREMIÈRE VICTIME.
SYNCHRONISATION À 100 % !

NOUS ESPÉRONS QUE MADAME MONTOYA TROUVERA DES INDICES NOUS PERMETTANT D'ÉLUCIDER CES CRIMES.

Sports Bar
Golden City
JE NE DEVRAIS PAS TRAÎNER SI JE NE VEUX PAS ARRIVER DE NOUVEAU EN RETARD.

TOC
TOC
TOC
ARRIVER EN RETARD...
... OÙ ?!
QUI EST...
... CETTE FEMME ?

SALE
J'AI COMPRIS...
CE SONT LES SOUVENIRS DE CETTE FILLE...
CE SONT TES DERNIERS INSTANTS AVANT TA MORT ?
JE NE ME SOUVIENS MÊME PAS DE TON NOM.
TÛÛÛT

DE LA MUSIQUE ?
COMMENT SUIS-JE CENSÉE TROUVER DES INDICES SI JE NE VOIS RIEN ?
L'ANNEAU !!

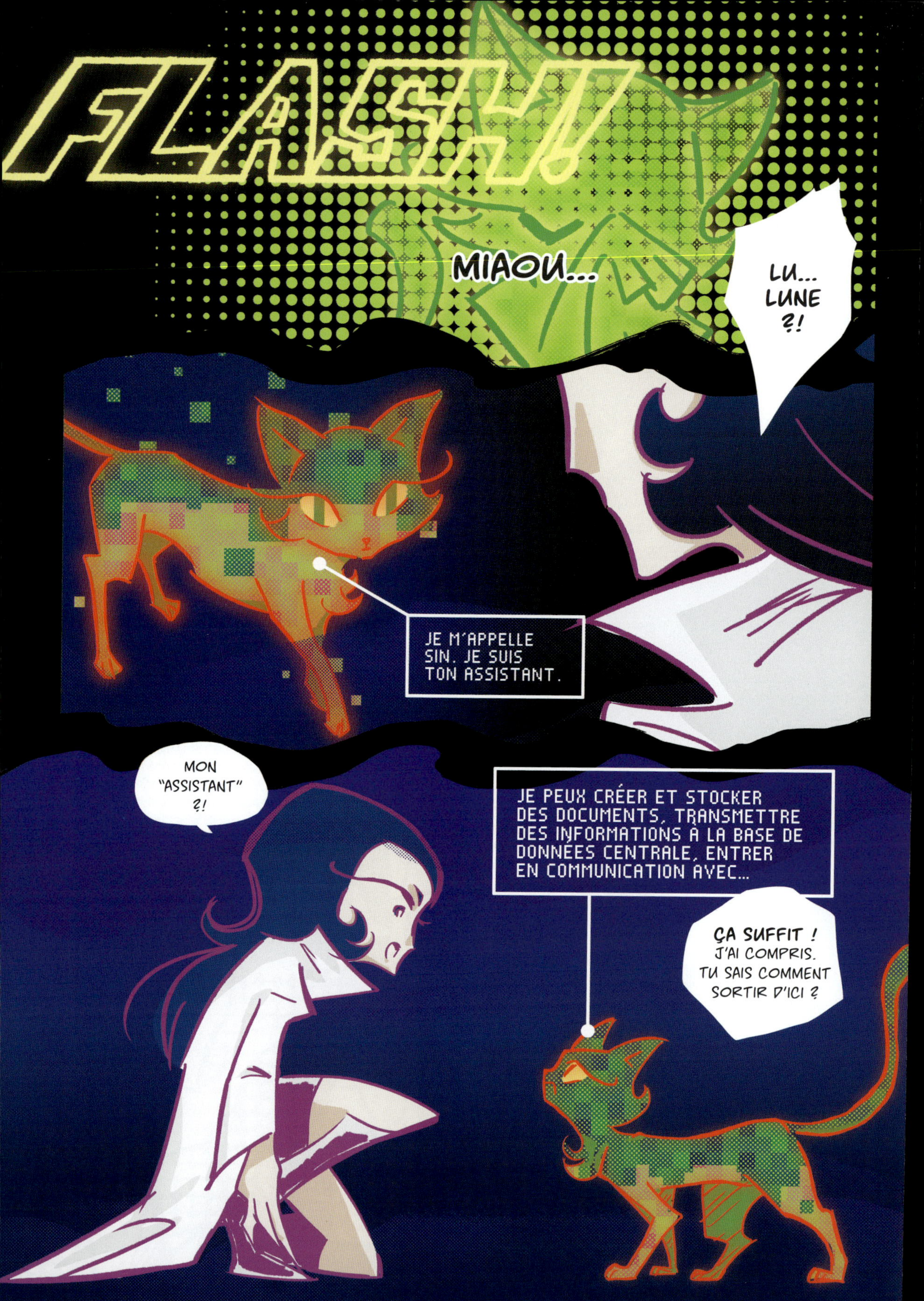
FLASH!
MIAOU...
LU... LUNE ?!
JE M'APPELLE SIN. JE SUIS TON ASSISTANT.
MON "ASSISTANT" ?!
JE PEUX CRÉER ET STOCKER DES DOCUMENTS, TRANSMETTRE DES INFORMATIONS À LA BASE DE DONNÉES CENTRALE, ENTRER EN COMMUNICATION AVEC...
ÇA SUFFIT ! J'AI COMPRIS. TU SAIS COMMENT SORTIR D'ICI ?

CALCUL DE L'ITINÉRAIRE...
PAR ICI ! SUIS-MOI !
EH ! ATTENDS !!
ET VOILÀ, IL M'A DÉJÀ ABANDONNÉE ...
EH ?!
?!

C'EST QUOI, CE TRUC ?
CETTE MUSIQUE... C'EST CELLE QUE JE VIENS D'ENTENDRE.
ELLE VIENT D'EN HAUT.

UNE CAMIONNETTE NOIRE.
ÇA Y EST, JE ME SOUVIENS !
LE LECTEUR DE MUSIQUE EST ÉTEINT.
QUELLE PERSPICACITÉ...

VÉRIFIE LA PORTIÈRE... MIAOU !
ELLE EST FERMÉE !
ET N'OUBLIE PAS QU'ICI, C'EST MOI QUI COMMANDE !
CELLE-LÀ AUSSI EST FERMÉE.
CHAK! CHAK!
ON N'ENTEND PLUS RIEN...
TU-TÛÛÛÛÛÛÛÛ

BEEEEEP !
APPAREMMENT, ON A ATTEINT LA LIGNE D'HORIZON.
"LA LIGNE D'HORIZON" ?
PENDANT L'AGRESSION, LE CERVEAU DE LA VICTIME NE RÉPOND PLUS À CAUSE DU CHOC.
LES SYNAPSES SUBISSENT DES CHANGEMENTS CHIMIQUES QUI DÉNATURENT ET BLOQUENT LES SOUVENIRS STOCKÉS DANS LE CERVEAU.
CEPENDANT, CES SOUVENIRS SONT TOUJOURS LÀ, CACHÉS DANS LE VASTE RÉSEAU DE NEURONES. C'EST COMME LA BOÎTE NOIRE D'UN AVION.
INSPECTEUR, AVEZ-VOUS CONFIANCE EN AZABACHE MONTOYA ?

CETTE FEMME EST AUX PRISES AVEC LES MÊMES EXPÉRIENCES QUE CELLES VÉCUES PAR LA VICTIME AU MOMENT DES FAITS.
À VOTRE AVIS, ELLE POURRA FRANCHIR LA LIGNE D'HORIZON ET RÉCUPÉRER LES INFORMATIONS DONT NOUS AVONS BESOIN ?
QU'EST-CE QUI SE PASSE ?

SIN
!!

KRAK !!
SORS-MOI DE LÀ, IMBÉCILE !

"... ET SUR UNE PLATE-FORME - CE SONT VOS MOTS - TRÔNAIT UNE CAMIONNETTE NOIRE D'OÙ ÉMANAIT DE LA MUSIQUE."
COMME JE VOUS L'AI DÉJÀ DIT, LE NUMÉRO D'IMMATRICULATION ÉTAIT **1892.**
VOUS VOUS SOUVENEZ DU NUMÉRO D'IMMATRICULATION, MAIS PAS DE LA MARQUE. C'EST ÉTRANGE...
VOUS N'AVEZ **TOUJOURS PAS** RECONNU LA MÉLODIE ?
EH ! J'AI FAILLI ME FAIRE TUER !!

J'EN DOUTE. MÊME SI VOUS AVEZ L'IMPRESSION D'ÉPROUVER CES SENSATIONS, ELLES NE SONT PAS RÉELLES.
QUI PLUS EST, VOUS POUVEZ INTERROMPRE L'IMMERSION À TOUT MOMENT EN RECOURANT À L'ASSISTANT.
BIEN SÛR, L'ASSISTANT !
QUELLE EST LA PROCHAINE ÉTAPE ?
NOUS ANALYSERONS LES DONNÉES RÉCOLTÉES PAR MADAME MONTOYA AVANT DE PROCÉDER À L'IMMERSION CHEZ LA DEUXIÈME VICTIME.
ENTRE-TEMPS, VOUS SEREZ LOGÉE DANS L'APPARTEMENT RÉSERVÉ AUX TÉMOINS PROTÉGÉS QUE...
HORS DE QUESTION ! JE NE DORMIRAI PAS DANS UN AUTRE LIT QUE LE MIEN. **CIAO !**
EXIT

VROOM
LA ROSA NEGRA
LA ROSA NEGR

LE CHANT DE LA FEMME CRYPTÉE
Loading
...
File 03/ ROCÍO
MONTOYA ! VOUS AVEZ DE LA VISITE.
LA PREMIÈRE FOIS QUE J'AI VU CARMINA, C'ÉTAIT DERRIÈRE LA VITRE DU PARLOIR DE LA PRISON D'ALHAURÍN.

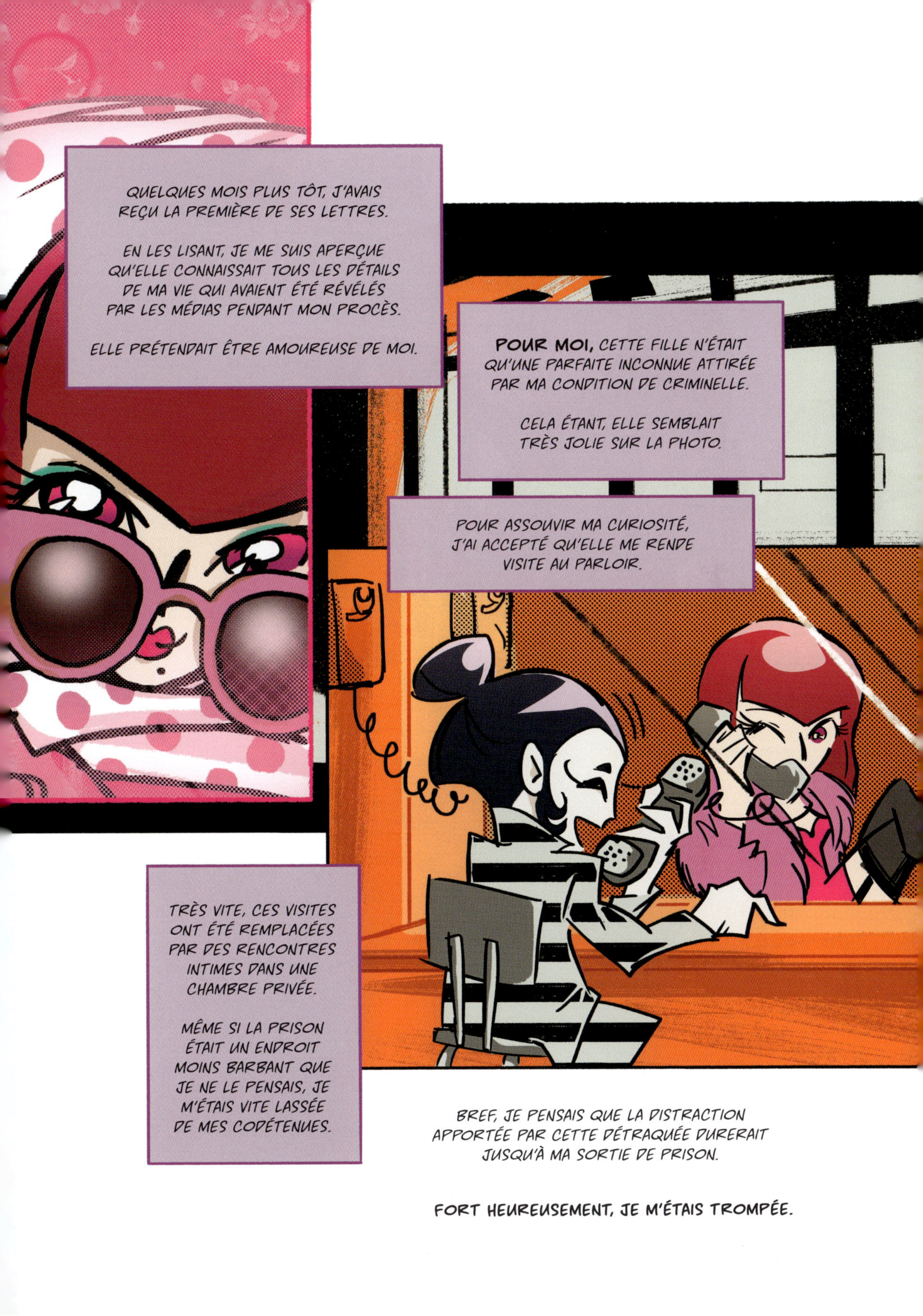
QUELQUES MOIS PLUS TÔT, J'AVAIS REÇU LA PREMIÈRE DE SES LETTRES.
EN LES LISANT, JE ME SUIS APERÇUE QU'ELLE CONNAISSAIT TOUS LES DÉTAILS DE MA VIE QUI AVAIENT ÉTÉ RÉVÉLÉS PAR LES MÉDIAS PENDANT MON PROCÈS.
ELLE PRÉTENDAIT ÊTRE AMOUREUSE DE MOI.
POUR MOI, CETTE FILLE N'ÉTAIT QU'UNE PARFAITE INCONNUE ATTIRÉE PAR MA CONDITION DE CRIMINELLE.
CELA ÉTANT, ELLE SEMBLAIT TRÈS JOLIE SUR LA PHOTO.
POUR ASSOUVIR MA CURIOSITÉ, J'AI ACCEPTÉ QU'ELLE ME RENDE VISITE AU PARLOIR.
TRÈS VITE, CES VISITES ONT ÉTÉ REMPLACÉES PAR DES RENCONTRES INTIMES DANS UNE CHAMBRE PRIVÉE.
MÊME SI LA PRISON ÉTAIT UN ENDROIT MOINS BARBANT QUE JE NE LE PENSAIS, JE M'ÉTAIS VITE LASSÉE DE MES CODÉTENUES.
BREF, JE PENSAIS QUE LA DISTRACTION APPORTÉE PAR CETTE DÉTRAQUÉE DURERAIT JUSQU'À MA SORTIE DE PRISON.
FORT HEUREUSEMENT, JE M'ÉTAIS TROMPÉE.

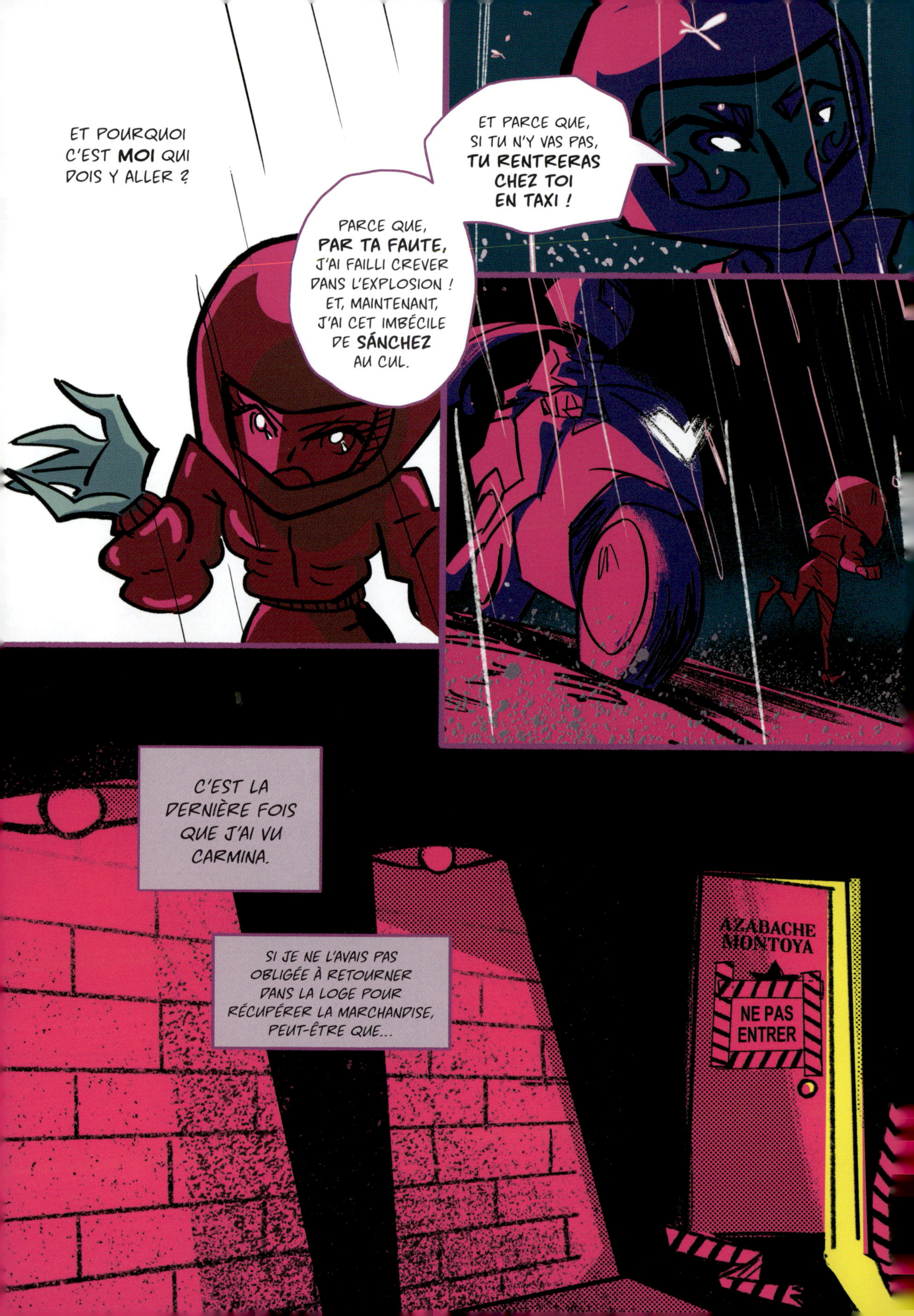
ET POURQUOI C'EST MOI QUI DOIS Y ALLER ?
PARCE QUE, PAR TA FAUTE, J'AI FAILLI CREVER DANS L'EXPLOSION ! ET, MAINTENANT, J'AI CET IMBÉCILE DE SÁNCHEZ AU CUL.
ET PARCE QUE, SI TU N'Y VAS PAS, TU RENTRERAS CHEZ TOI EN TAXI !
C'EST LA DERNIÈRE FOIS QUE J'AI VU CARMINA.
SI JE NE L'AVAIS PAS OBLIGÉE À RETOURNER DANS LA LOGE POUR RÉCUPÉRER LA MARCHANDISE, PEUT-ÊTRE QUE...
AZABACHE MONTOYA
NE PAS ENTRER

MERDE !!
LA MARCHANDISE...
JE DOIS LA LIVRER DEMAIN !
CLANG
ELLE A DISPARU !

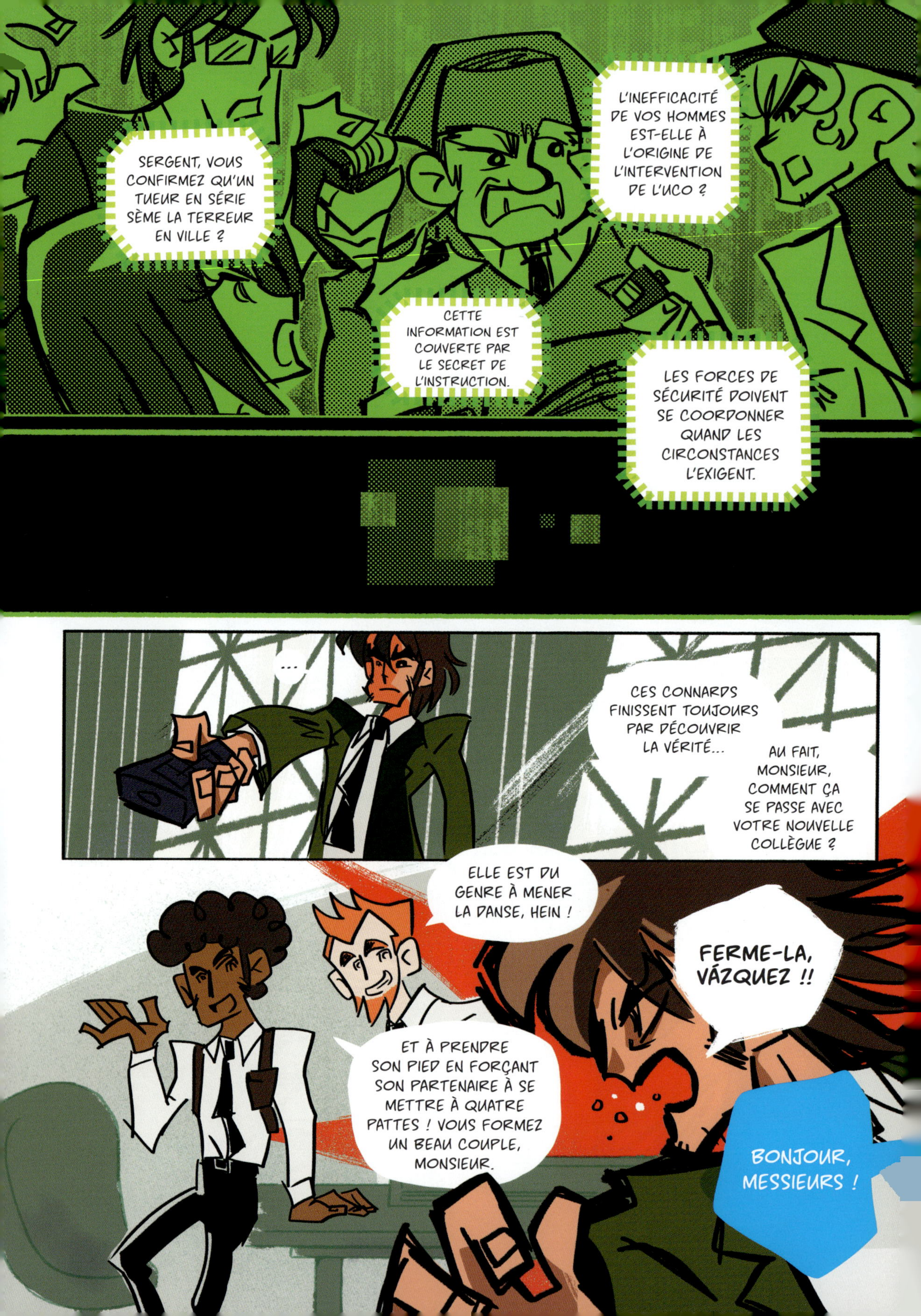
SERGENT, VOUS CONFIRMEZ QU'UN TUEUR EN SÉRIE SÈME LA TERREUR EN VILLE ?
L'INEFFICACITÉ DE VOS HOMMES EST-ELLE À L'ORIGINE DE L'INTERVENTION DE L'UCO ?
CETTE INFORMATION EST COUVERTE PAR LE SECRET DE L'INSTRUCTION.
LES FORCES DE SÉCURITÉ DOIVENT SE COORDONNER QUAND LES CIRCONSTANCES L'EXIGENT.
...
CES CONNARDS FINISSENT TOUJOURS PAR DÉCOUVRIR LA VÉRITÉ...
AU FAIT, MONSIEUR, COMMENT ÇA SE PASSE AVEC VOTRE NOUVELLE COLLÈGUE ?
ELLE EST DU GENRE À MENER LA DANSE, HEIN !
ET À PRENDRE SON PIED EN FORÇANT SON PARTENAIRE À SE METTRE À QUATRE PATTES ! VOUS FORMEZ UN BEAU COUPLE, MONSIEUR.
FERME-LA, VÁZQUEZ !!
BONJOUR, MESSIEURS !

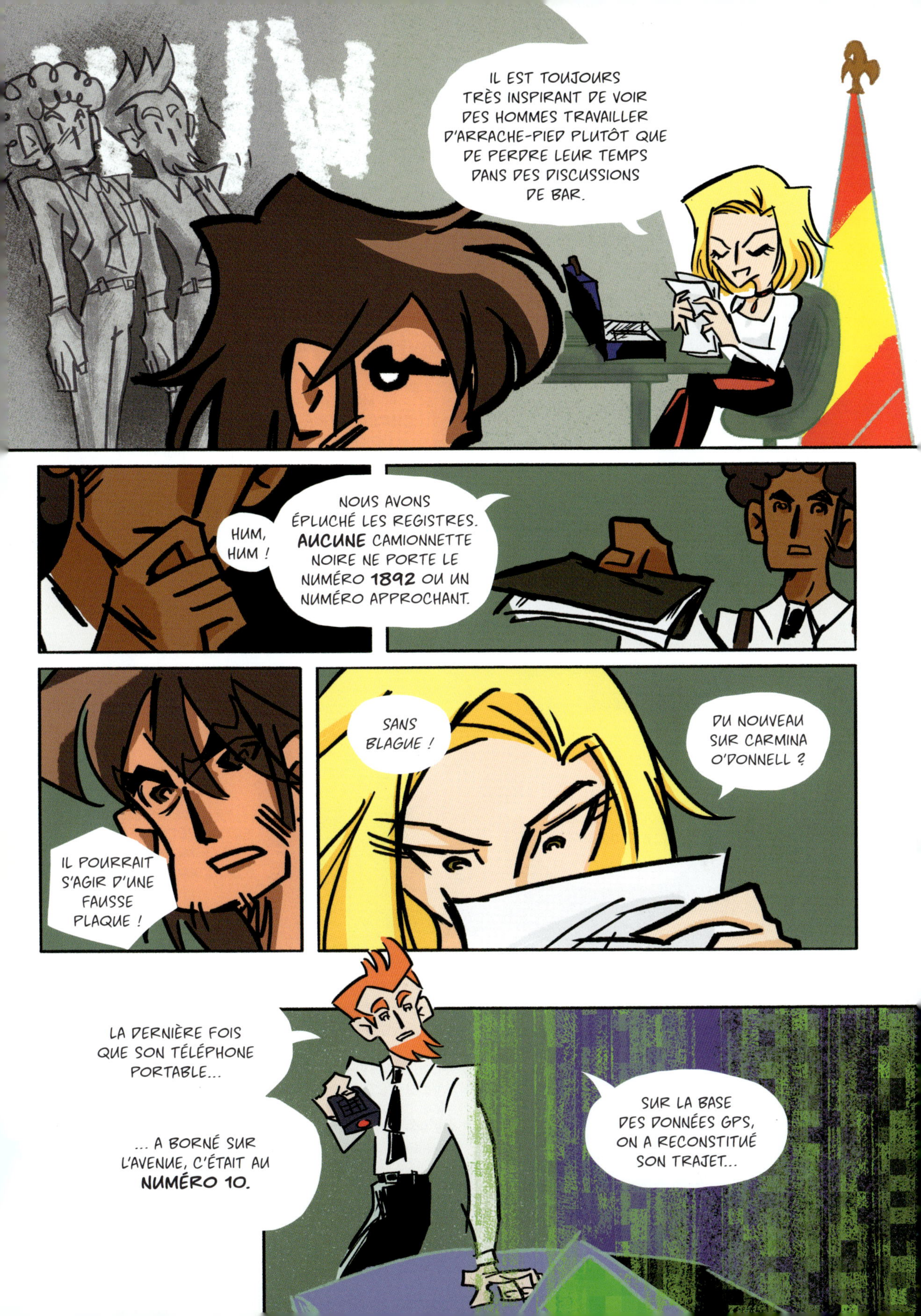
IL EST TOUJOURS TRÈS INSPIRANT DE VOIR DES HOMMES TRAVAILLER D'ARRACHE-PIED PLUTÔT QUE DE PERDRE LEUR TEMPS DANS DES DISCUSSIONS DE BAR.
HUM, HUM !
NOUS AVONS ÉPLUCHÉ LES REGISTRES. **AUCUNE** CAMIONNETTE NOIRE NE PORTE LE NUMÉRO **1892** OU UN NUMÉRO APPROCHANT.
IL POURRAIT S'AGIR D'UNE FAUSSE PLAQUE !
SANS BLAGUE !
DU NOUVEAU SUR CARMINA O'DONNELL ?
LA DERNIÈRE FOIS QUE SON TÉLÉPHONE PORTABLE...
... A BORNÉ SUR L'AVENUE, C'ÉTAIT AU **NUMÉRO 10.**
SUR LA BASE DES DONNÉES GPS, ON A RECONSTITUÉ SON TRAJET...

NOUS AVONS VÉRIFIÉ LES CAMÉRAS INSTALLÉES SUR L'AVENUE.
LES CAMÉRAS 3, 6 ET 8 ÉTAIENT HORS SERVICE...
"HORS SERVICE" ? VOUS VOULEZ DIRE QU'ELLES ÉTAIENT EN PANNE ?!
... MAIS LA CAMÉRA 7 A ENREGISTRÉ UN VÉHICULE CORRESPONDANT À LA DESCRIPTION FOURNIE PAR AZABACHE MONTOYA.
LE SUSPECT A SANS DOUTE EMPRUNTÉ LA SORTIE 5 POUR PRENDRE LA FUITE.
ON NE VOIT ABSOLUMENT RIEN !!
C'EST À SE DEMANDER À QUI PROFITE LE BUDGET ALLOUÉ À LA SÉCURITÉ.
AU MOINS, ON A TROUVÉ UN LIEN ENTRE CETTE AFFAIRE ET LE MEURTRE DE CONCHA MARTÍNEZ.
VOUS !!
RÉEXAMINEZ TOUTES LES PREUVES ET ASSUREZ-VOUS QUE RIEN NE NOUS A ÉCHAPPÉ !
INSPECTEUR, VOUS ET MOI, ON CONTINUERA DE SUPERVISER LES IMMERSIONS AVEC LES LÉGISTES.

L'INDIVIDU QUI A ENLEVÉ CARMINA A PRIS LES DISQUES DURS.
MAIS À PART NOUS DEUX...
... QUI SAVAIT QU'ILS ÉTAIENT EN MA POSSESSION ?
AZABACHE, VOUS M'ENTENDEZ ?
NOUS ALLONS PROCÉDER À L'IMMERSION.
D'ACCORD.
SYNCHRONISATION À 98 %...
99 %...
SYNCHRONISATION TERMINÉE !

FRUU

C'EST...
... DU SANG ?
AÏE !

WHUD
PLIC

CHAK
CHAK

THUD!
QUELQU'UN ESSAIE D'ENTRER !
CHAK

CLIC!
PAF!
BOUM
BOUM
BOUM
BOUM
BOUM
BOUM

BOUM BOUM
BOUM BOUM
BOUM BOUM

TAA TARAAA
CE N'EST PAS RÉEL.
RIEN DE TOUT CELA N'EST RÉEL.
BORDEL DE MERDE !!

!!
SIN !
MONTRE-MOI COMMENT SORTIR DE L'IMMERS...!!
?!
SIN ?!

QUE SE PASSE-T-IL, DOCTEUR ?
LA SYNCHRONISATION S'EST EMBALLÉE. LE SYSTÈME A ÉTÉ DÉSTABILISÉ.
QUAND AUREZ-VOUS RÉGLÉ LE PROBLÈME ?
DANS ENVIRON 7 MINUTES... MAXIMUM 10.
QU'EST-CE QUE VOUS ATTENDEZ ?!

?
FILS DE PUTE...
SIN !
RÉINITIALISATION DE L'INTERFACE... RÉINITIALISATION DU CONTRÔLE VOCAL... RÉINITIALISATION...
FLASH!
IMBÉCILE ! IL FAUT TOUJOURS QUE TU DISPARAISSES AU MAUVAIS MOMENT ! DIS-MOI COMMENT SORTIR D'ICI !!
POM!

QUOI ?!
EXIT
DISTANCE : 50 M
TU AS ENCORE DISJONCTÉ ?
COMMENT VEUX-TU QUE J'ARRIVE JUSQUE-LÀ AVEC CE TAUREAU ?!
À L'ÉVIDENCE, TU N'AS TOUJOURS PAS COMPRIS QU'IL S'AGIT D'UNE SIMULATION CRÉÉE PAR ORDINATEUR.
ET CETTE BOSSE, C'EST AUSSI UNE SIMULATION ?
TIK !
QUE VAS-TU FAIRE ?
... AMEN !

EH !
ARF...
ARF
TAUREAU !!

FSCH
VA TE FAIRE FOUTRE, ENFOIRÉ !
...
SIN, OUVRE LA PORTE !
ÇA Y EST !
BLAM

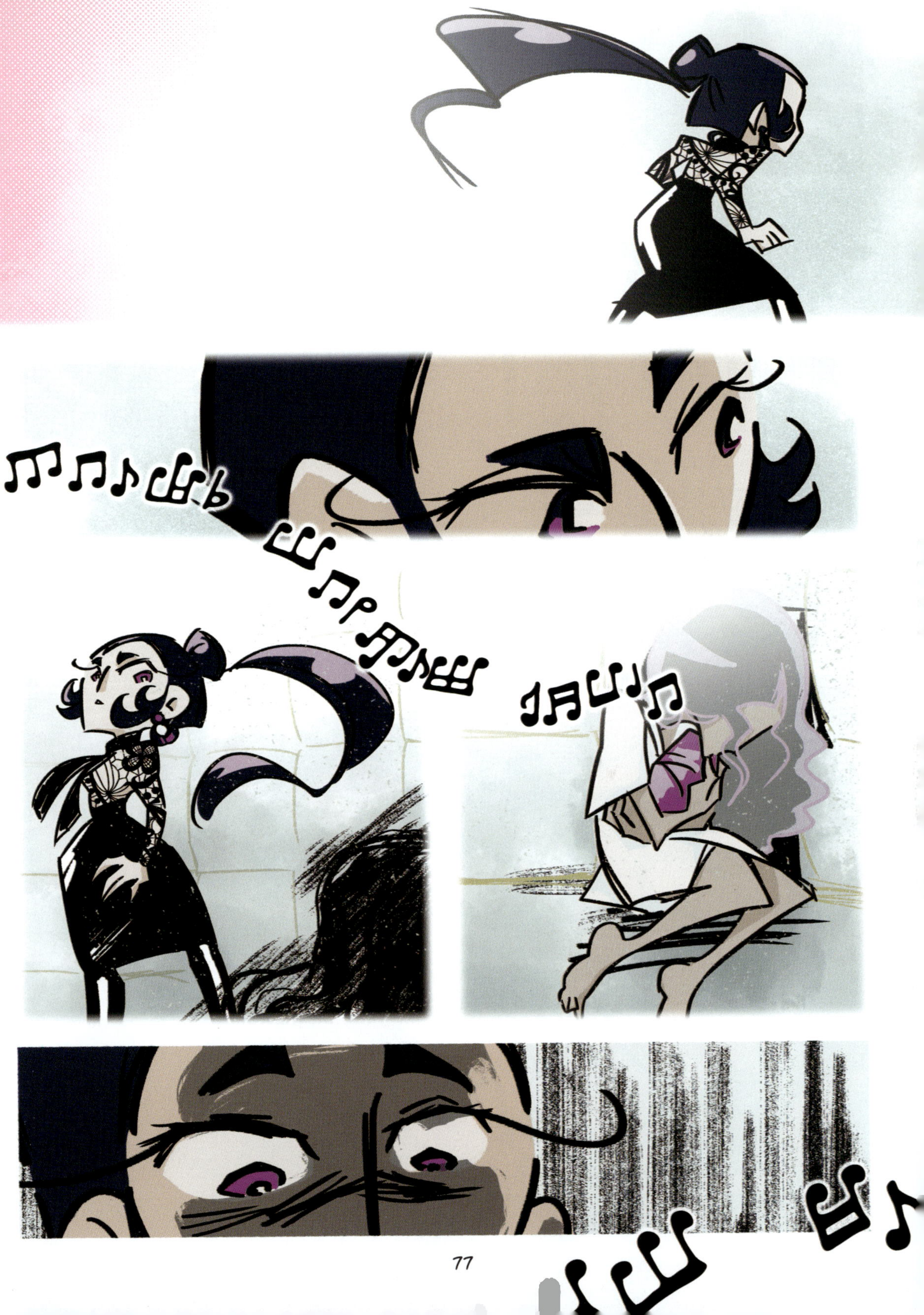

MEUUUU

MADAME MONTOYA...
OUTRE CETTE PIÈCE ÉTRANGE ET CES MONTAGNES APERÇUES PAR LA LUCARNE...
... AVEZ-VOUS VU AUTRE CHOSE ?
POUR UNE RAISON, JE N'AI PAS RACONTÉ TOUTE LA VÉRITÉ. UNE RAISON SI PROFONDE QUE J'AI MOI-MÊME DU MAL À LA TROUVER.

TAC TAC TAC
LE CHANT DE LA FEMME CRYPTÉE
Loading
...
File 04/ ISABEL
LA VOIE EST LIBRE, AZABACHE.
TAC!
ESPÈCE D'IDIOTE ! SI TU M'AIDAIS VRAIMENT, JE NE DEVRAIS PAS FAIRE ÇA COMME UNE VULGAIRE VOLEUSE...
EN RÉALITÉ, JE NE DEVRAIS PAS FAIRE ÇA DU TOUT.

MMMM...
MMMM !
MMMM !!!
LA BELLE AU BOIS DORMANT SE RÉVEILLE ENFIN.

TON SENS DE LA LOYAUTÉ EST DES PLUS ÉTRANGES...
TU CROYAIS VRAIMENT POUVOIR JOUER UN MAUVAIS TOUR À AZABACHE MONTOYA ?
SILENCE ! JE NE T'AI PAS AUTORISÉ...
MMMM !!!
... À PARLER !!
SOK!

JE TE PRIE D'EXCUSER MA BRUTALITÉ. REPARTONS DE ZÉRO.
JE VAIS T'ENLEVER TON BÂILLON ET TU VAS RÉPONDRE À MES QUESTIONS.
OÙ EST CARMINA ?
JE NE SAIS PAS DE QUOI TU PARLES !
RELÂCHE-MOI TOUT DE...!
PAF!

JE VAIS DEVOIR TROUVER UN MOYEN DE TE FAIRE PARLER...
TADAM ! ♫
Vaseline
COMME TU REFUSES D'OUVRIR LA BOUCHE, ON VA ESSAYER AVEC TON GROS CUL.
MMM !!
CLIC!
Vaseline
BANG

KLAANG
TU FAIS MOINS LE MALIN, HEIN ?!
Dans les rues résonne son nom...

BANG
BANG
BANG
MERDE...

JE SUIS FOUTUE...
MA MOTO !
JE DOIS ARRIVER JUSQU'À...
TU ES DOUÉE.
TU DEVRAIS OUVRIR TON SALON DE MANUCURE. JE POURRAIS T'AIDER.

SI MA PASSION DEVENAIT MON GAGNE-PAIN, JE FINIRAIS PAR LA DÉTESTER...
QUI PLUS EST, MES ORDINATEURS PRENNENT DÉJÀ TOUT MON TEMPS.
JE ME SUIS TOUJOURS DEMANDÉ COMMENT TU ARRIVAIS À TAPER AVEC TES FAUX ONGLES. ILS SONT IMMENSES !
COMME TU LE SAIS, JE SUIS TRÈS DOUÉE AVEC MES DOIGTS...
OÙ SUIS-JE ?

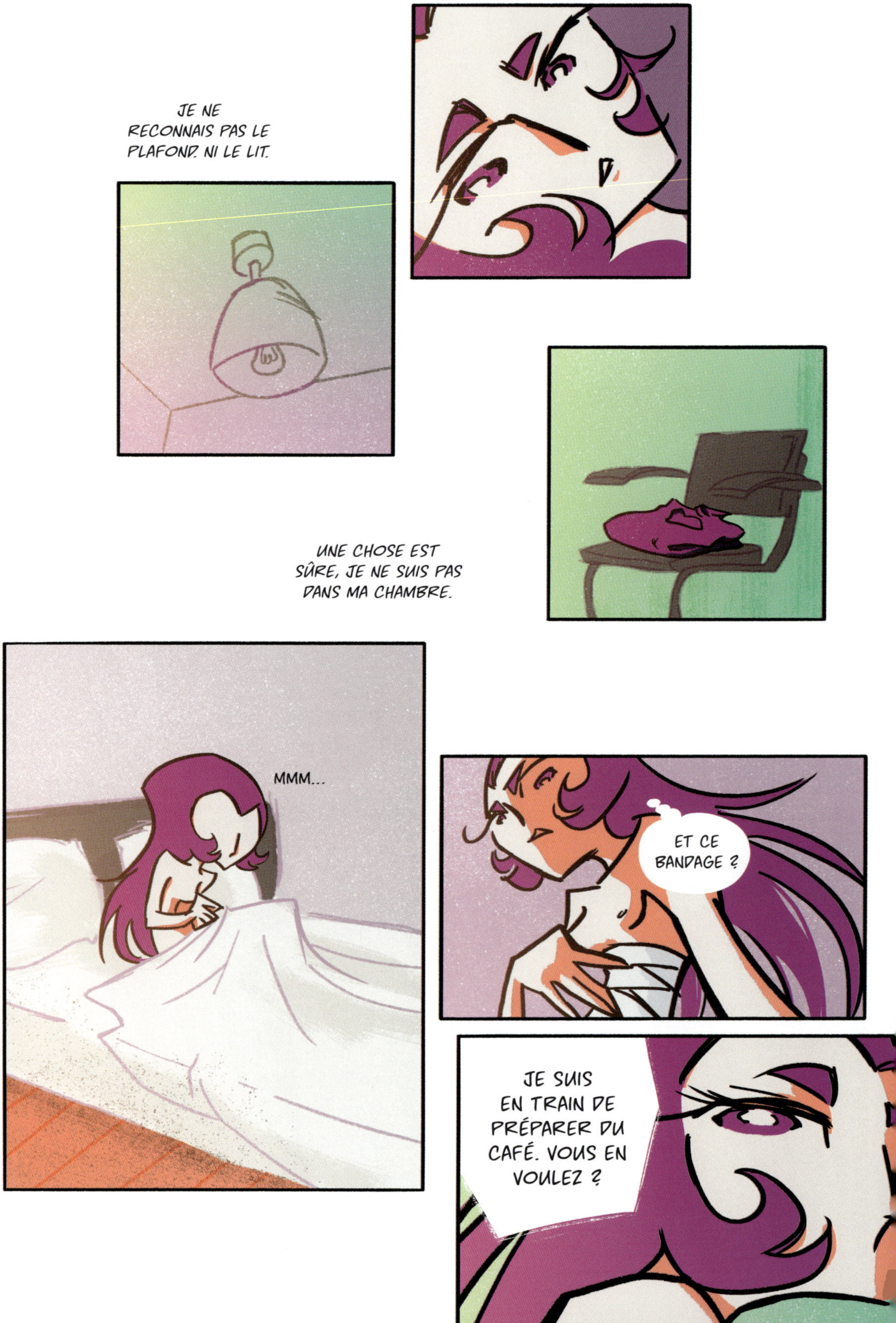
JE NE RECONNAIS PAS LE PLAFOND. NI LE LIT.
UNE CHOSE EST SÛRE, JE NE SUIS PAS DANS MA CHAMBRE.
MMM...
ET CE BANDAGE ?
JE SUIS EN TRAIN DE PRÉPARER DU CAFÉ. VOUS EN VOULEZ ?

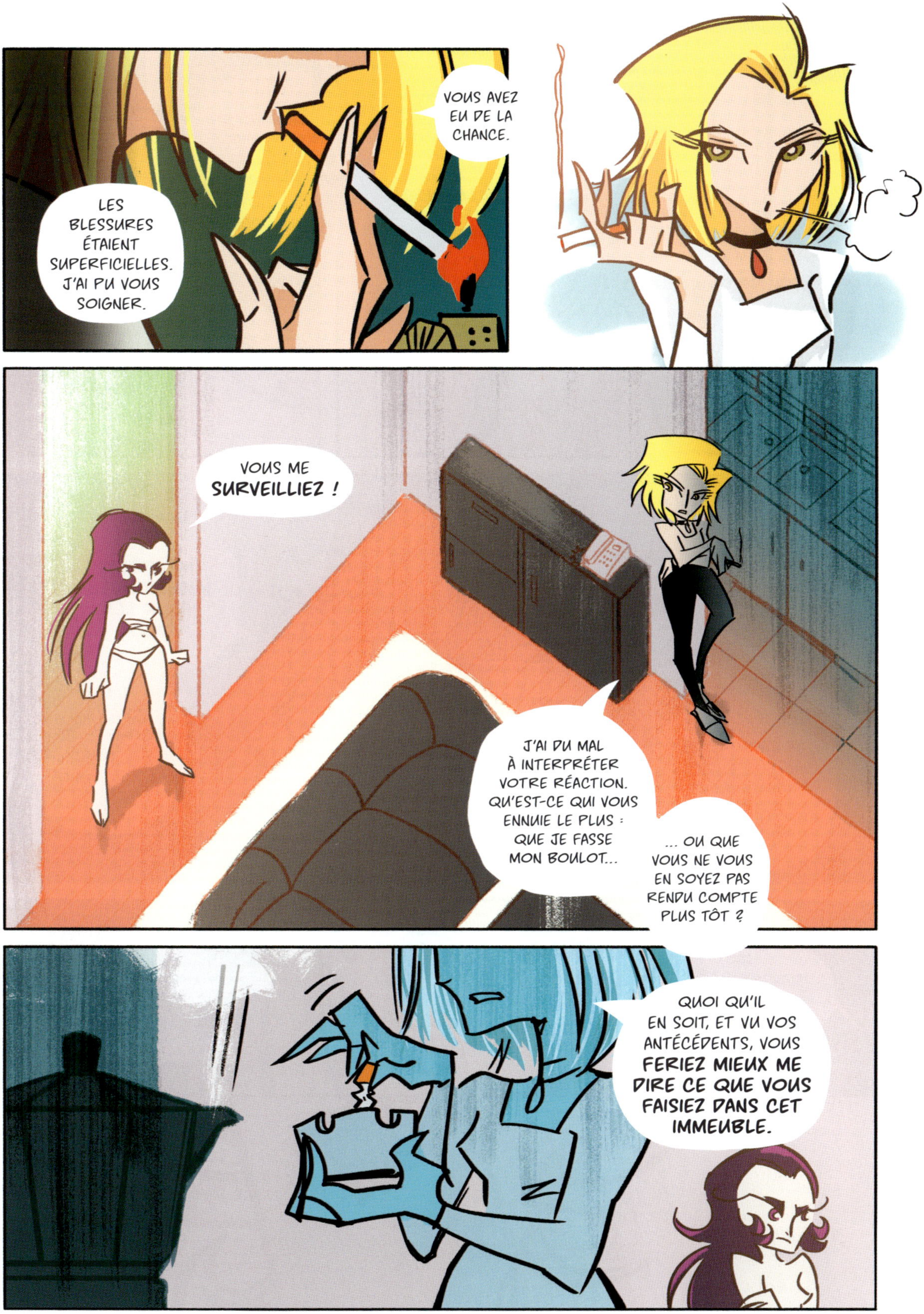
VOUS AVEZ EU DE LA CHANCE.
LES BLESSURES ÉTAIENT SUPERFICIELLES. J'AI PU VOUS SOIGNER.
VOUS ME **SURVEILLIEZ** !
J'AI DU MAL À INTERPRÉTER VOTRE RÉACTION. QU'EST-CE QUI VOUS ENNUIE LE PLUS : QUE JE FASSE MON BOULOT...
... OU QUE VOUS NE VOUS EN SOYEZ PAS RENDU COMPTE PLUS TÔT ?
QUOI QU'IL EN SOIT, ET VU VOS ANTÉCÉDENTS, VOUS **FERIEZ MIEUX ME DIRE CE QUE VOUS FAISIEZ DANS CET IMMEUBLE.**

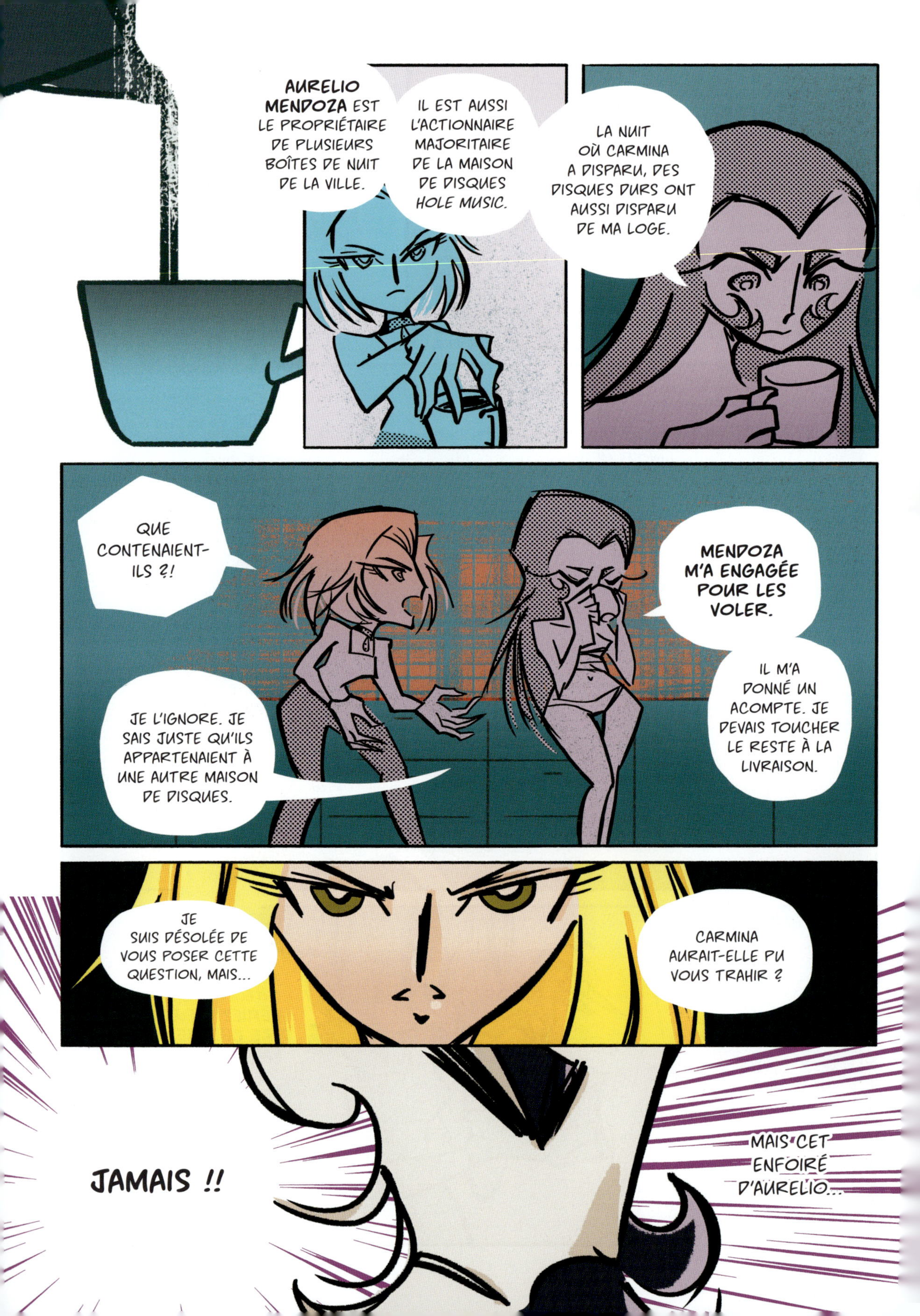
AURELIO MENDOZA EST LE PROPRIÉTAIRE DE PLUSIEURS BOÎTES DE NUIT DE LA VILLE.
IL EST AUSSI L'ACTIONNAIRE MAJORITAIRE DE LA MAISON DE DISQUES HOLE MUSIC.
LA NUIT OÙ CARMINA A DISPARU, DES DISQUES DURS ONT AUSSI DISPARU DE MA LOGE.
QUE CONTENAIENT-ILS ?!
MENDOZA M'A ENGAGÉE POUR LES VOLER.
JE L'IGNORE. JE SAIS JUSTE QU'ILS APPARTENAIENT À UNE AUTRE MAISON DE DISQUES.
IL M'A DONNÉ UN ACOMPTE. JE DEVAIS TOUCHER LE RESTE À LA LIVRAISON.
JE SUIS DÉSOLÉE DE VOUS POSER CETTE QUESTION, MAIS...
CARMINA AURAIT-ELLE PU VOUS TRAHIR ?
JAMAIS !!
MAIS CET ENFOIRÉ D'AURELIO...

... EST PRÊT À TOUT POUR ARRIVER À SES FINS.
/Hole Music Maison mère.
NOUS MENONS UNE ENQUÊTE, MONSIEUR MENDOZA. ACCEPTERIEZ-VOUS DE RÉPONDRE À QUELQUES QUESTIONS ?
JE VOUS ÉCOUTE.
NOUS RECHERCHONS UNE FEMME, **CARMINA O'DONNELL.**
ELLE A DISPARU IL Y A DEUX JOURS. ELLE TRAVAILLAIT COMME SERVEUSE AU CLUB LA ROSA NEGRA.
AURIEZ-VOUS DES INFORMATIONS QUI POURRAIENT NOUS AIDER ?
MADAME, MONSIEUR, S'IL VOUS PLAÎT !

JE RÉSIDE DEPUIS PLUS DE 40 ANS DANS CE PAYS. JE POSSÈDE UN PASSEPORT ESPAGNOL ET JE PAIE MES IMPÔTS ICI.
JE TRAVAILLE COMME UN ACHARNÉ POUR MAINTENIR MES AFFAIRES À FLOT.
VOUS CROYEZ VRAIMENT QUE J'AI LE TEMPS DE M'INQUIÉTER DE LA VIE DE CETTE FEMME EN DEHORS DE SES HEURES DE TRAVAIL ?
NOUS TENONS DE SOURCE SÛRE QU'ELLE ÉTAIT EN POSSESSION DE MATÉRIEL VOLÉ POUR LEQUEL VOUS ÉTIEZ PRÊT À DÉBOURSER UNE GROSSE SOMME.
VOUS RISQUEZ CINQ ANS DE PRISON POUR ESPIONNAGE INDUSTRIEL, MONSIEUR MENDOZA.
INSPECTEUR SÁNCHEZ, AVANT DE DÉBARQUER CHEZ MOI ET DE ME BALANCER CES CONNERIES, VOUS FERIEZ MIEUX DE VOUS ASSURER DE LA VÉRACITÉ DES ACCUSATIONS DE VOTRE INDIC...
OU DEVRAIS-JE PLUTÔT L'APPELER **"VOTRE PROTÉGÉE"** ?
VOS SUPÉRIEURS SONT-ILS AU COURANT DE VOS RELATIONS AVEC CETTE EX-DÉTENUE ?

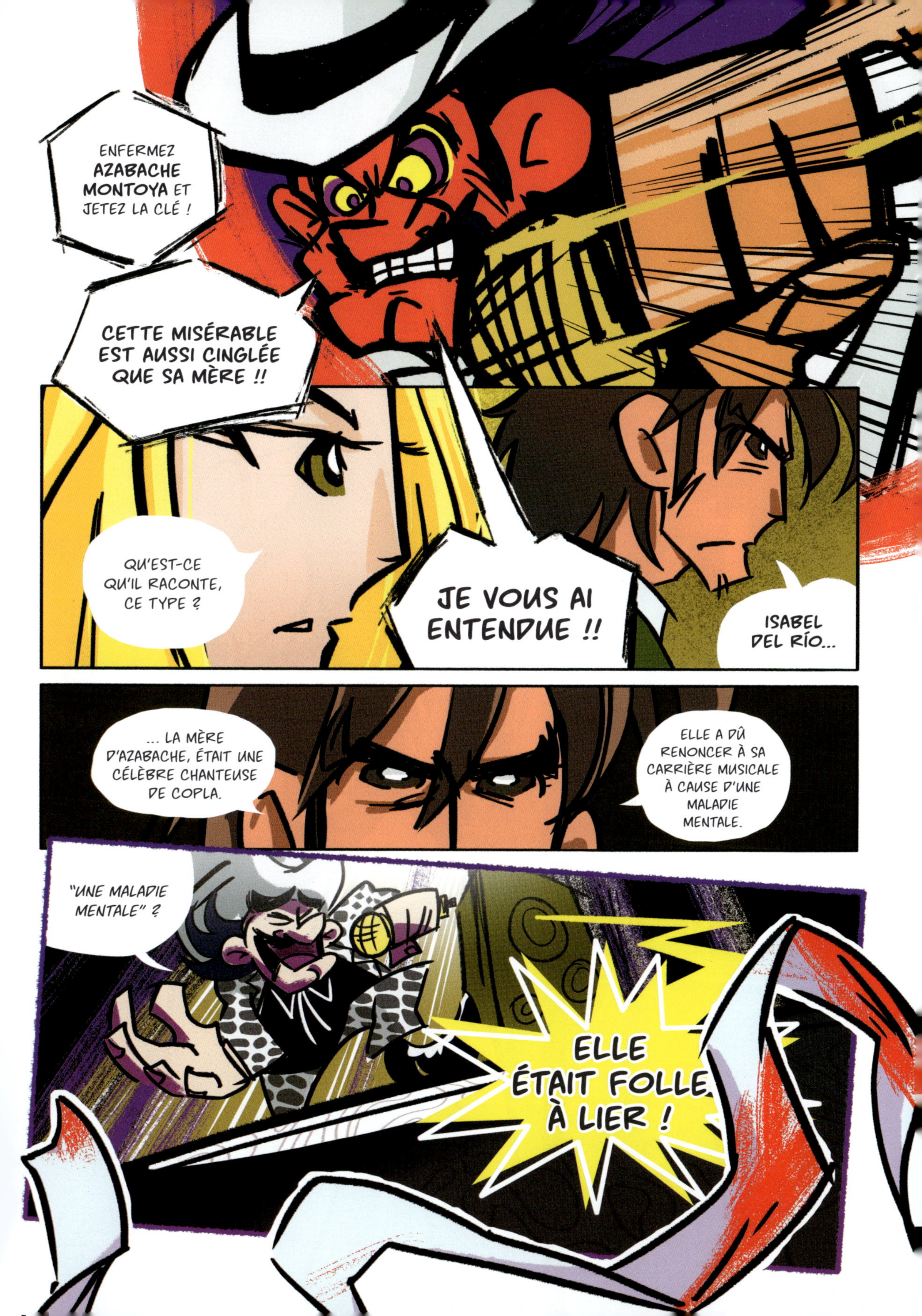
ENFERMEZ AZABACHE MONTOYA ET JETEZ LA CLÉ !
CETTE MISÉRABLE EST AUSSI CINGLÉE QUE SA MÈRE !!
QU'EST-CE QU'IL RACONTE, CE TYPE ?
JE VOUS AI ENTENDUE !!
ISABEL DEL RÍO...
... LA MÈRE D'AZABACHE, ÉTAIT UNE CÉLÈBRE CHANTEUSE DE COPLA.
ELLE A DÛ RENONCER À SA CARRIÈRE MUSICALE À CAUSE D'UNE MALADIE MENTALE.
"UNE MALADIE MENTALE" ?
ELLE ÉTAIT FOLLE À LIER !

À CETTE ÉPOQUE, ON VENAIT DE SORTIR LE DISQUE D'ISABEL.
MAIS, APRÈS SON ADMISSION DANS UN HÔPITAL PSYCHIATRIQUE, ELLE A DÛ INTERROMPRE SA TOURNÉE DE PROMOTION ET SON ALBUM EST PASSÉ INAPERÇU... SA CARRIÈRE ÉTAIT FINIE.
SHAAAA

AZABACHE MONTOYA A HÉRITÉ DU TALENT DE SA MÈRE POUR LA COPLA ESPAGNOLE.
J'AI ESSAYÉ DE LA CONVAINCRE DE SIGNER UN CONTRAT AVEC HOLE MUSIC, MAIS ELLE A TOUJOURS REFUSÉ.
SABEL DEL RÍO

ISABEL DEL RÍO
DESDE ANDALUCÍA
CHERCHE-LA ET TU LA TROUVERAS,
DE LUNE BLANCHE VÊTUE
L'ÂME ENDEUILLÉE
DANS LA NUIT LES YEUX PLONGÉS...
... DANS LES RUES RÉSONNE SON NOM : C'EST LA COPLA DÉLAISSÉE !
INSPECTEUR SÁNCHEZ, BENIDORM EST UNE PETITE VILLE...

VOUS SAVEZ TOUT CE QUE J'AI FAIT POUR CETTE **INGRATE** DEPUIS SA SORTIE DE PRISON...?
PI PI PI PI
AU LABORATOIRE, INSPECTEUR ! **VITE** !
/Laboratoire de Criminalistique de la *Guardia Civil*.
L'"IMMERSION" EST, EN RÉALITÉ, LA **SYNCHRONISATION** DE L'ACTIVITÉ NEURONALE ENTRE DEUX CERVEAUX.

UNE FOIS LES FONCTIONS CELLULAIRES DU CERVEAU MORT RESTAURÉES, L'ORDINATEUR TRANSCRIT LE RÉSEAU SYNAPTIQUE DANS LE SYSTÈME.
CE RÉSEAU EST TOUTEFOIS **INCOMPLET** EN RAISON DE LA MORT DES NEURONES.
IL EST DONC NÉCESSAIRE DE RECOURIR À UN CERVEAU HOMOLOGUE QUI RÉGÉNÈRE LES NŒUDS ENDOMMAGÉS.
LORSQUE LE RÉSEAU NEURONAL DU CERVEAU MORT EST TRANSFÉRÉ DANS LE CERVEAU IMMERGÉ, CELUI-CI "COMBLE" LES TROUS AVEC DES INFORMATIONS ISSUES DE L'EXPÉRIENCE PERSONNELLE...
... GARANTISSANT AINSI LA CONTINUITÉ LOGIQUE PERMETTANT DE RECONSTRUIRE **L'HISTOIRE DU CRIME.**
EXCEPTIONNELLEMENT, LA SYNCHRONISATION PEUT DÉPASSER LES 100%. DANS CE CAS, LES DEUX RÉSEAUX SYNAPTIQUES **SE CHEVAUCHENT.**
C'EST CE QUI EST ARRIVÉ LA DERNIÈRE FOIS, MADAME MONTOYA.
ET C'EST CE QUI EXPLIQUERAIT L'**INCURSION** DE VOS PROPRES SOUVENIRS DANS L'IMMERSION...
... COMME L'**IMAGE DE VOTRE MÈRE DANS L'ASILE.**
MAIS LES EFFETS DEVRAIENT S'ESTOMPER AVEC LES MÉDICAMENTS QUE...

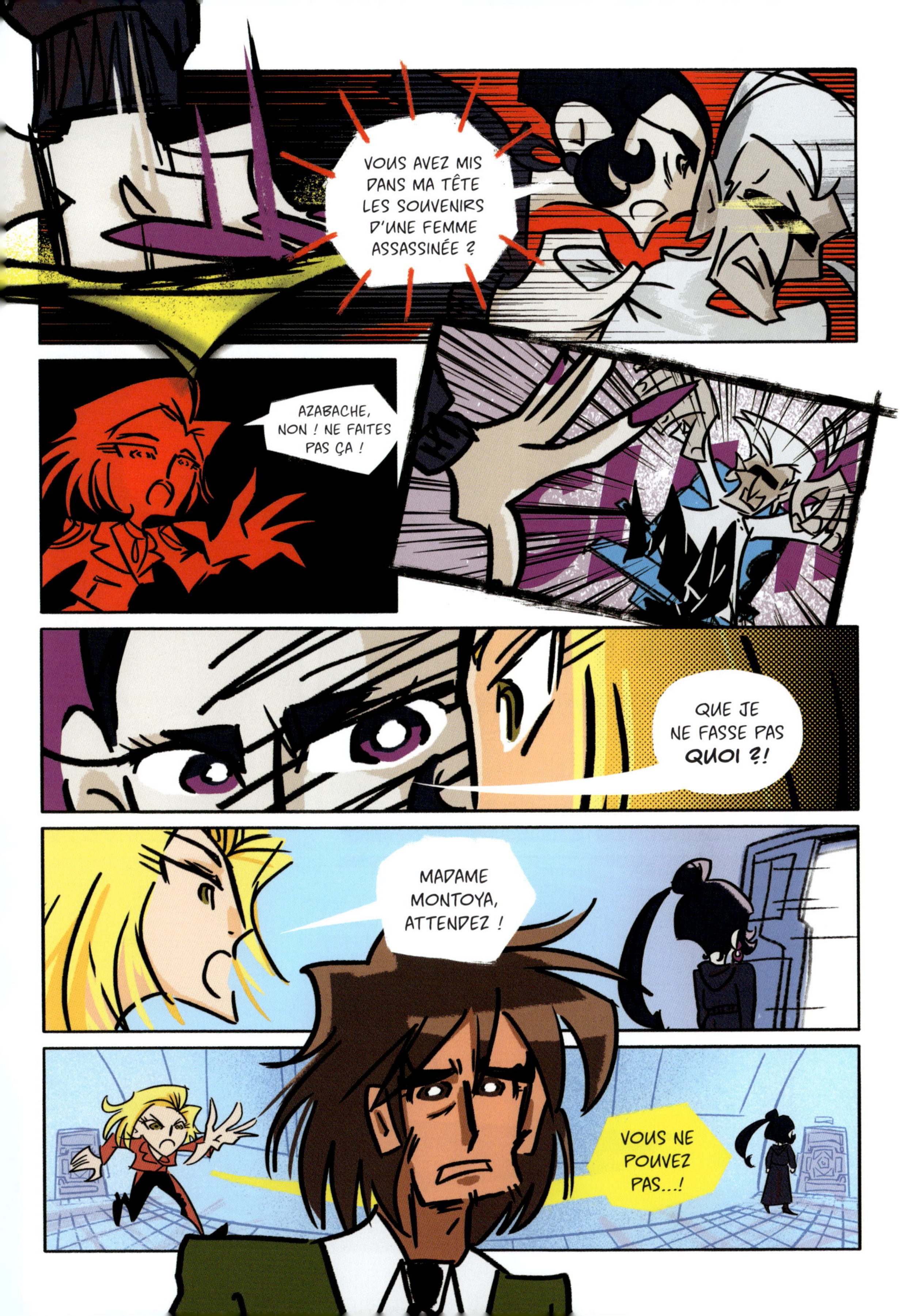
VOUS AVEZ MIS DANS MA TÊTE LES SOUVENIRS D'UNE FEMME ASSASSINÉE ?
AZABACHE, NON ! NE FAITES PAS ÇA !
QUE JE NE FASSE PAS **QUOI ?!**
MADAME MONTOYA, ATTENDEZ !
VOUS NE POUVEZ PAS...!

VOUS NE POUVEZ PAS DÉAMBULER EN VILLE **SEULE.**
VOUS ÊTES NOTRE TÉMOIN PROTÉGÉ.
QUI PLUS EST, MENDOZA EST À VOS TROUSSES.
QU'IL AILLE SE FAIRE FOUTRE !
VOUS EN AVEZ TIRÉ QUELQUE CHOSE ?
IL EST CLEAN. JE DIRAI MÊME QU'IL ÉPROUVE, MALGRÉ TOUT, DE LA SYMPATHIE POUR VOUS.
TSS
VOUS SAVEZ QUOI ?
IL EST TEMPS QUE, VOUS ET MOI, ON SE DÉTENDE.

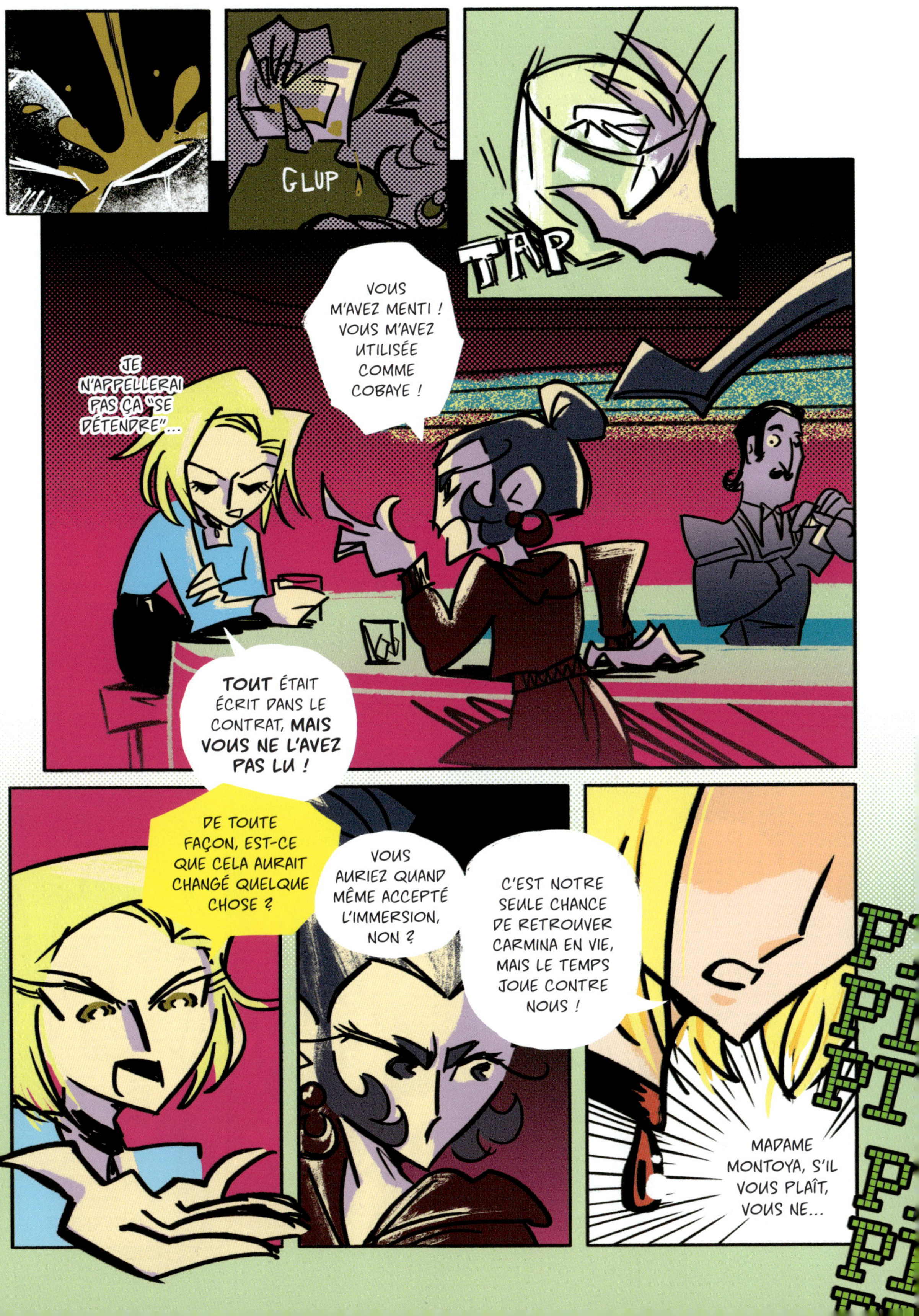
GLUP
TAP
VOUS M'AVEZ MENTI ! VOUS M'AVEZ UTILISÉE COMME COBAYE !
JE N'APPELLERAI PAS ÇA "SE DÉTENDRE"...
TOUT ÉTAIT ÉCRIT DANS LE CONTRAT, MAIS VOUS NE L'AVEZ PAS LU !
DE TOUTE FAÇON, EST-CE QUE CELA AURAIT CHANGÉ QUELQUE CHOSE ?
VOUS AURIEZ QUAND MÊME ACCEPTÉ L'IMMERSION, NON ?
C'EST NOTRE SEULE CHANCE DE RETROUVER CARMINA EN VIE, MAIS LE TEMPS JOUE CONTRE NOUS !
MADAME MONTOYA, S'IL VOUS PLAÎT, VOUS NE...

PI PI PI
PI PI PI
JE REVIENS DANS UNE MINUTE.
ME VOILÀ !
EXCUSEZ-MOI, MAIS JE DEVAIS RÉPONDRE.
C'ÉTAIT LA BABY-SITTER...
JE N'AURAIS PAS CRU QUE VOUS ÉTIEZ CE GENRE DE FEMME !
LE GENRE DE FEMME INTÉRESSÉE PAR LA MATERNITÉ ?

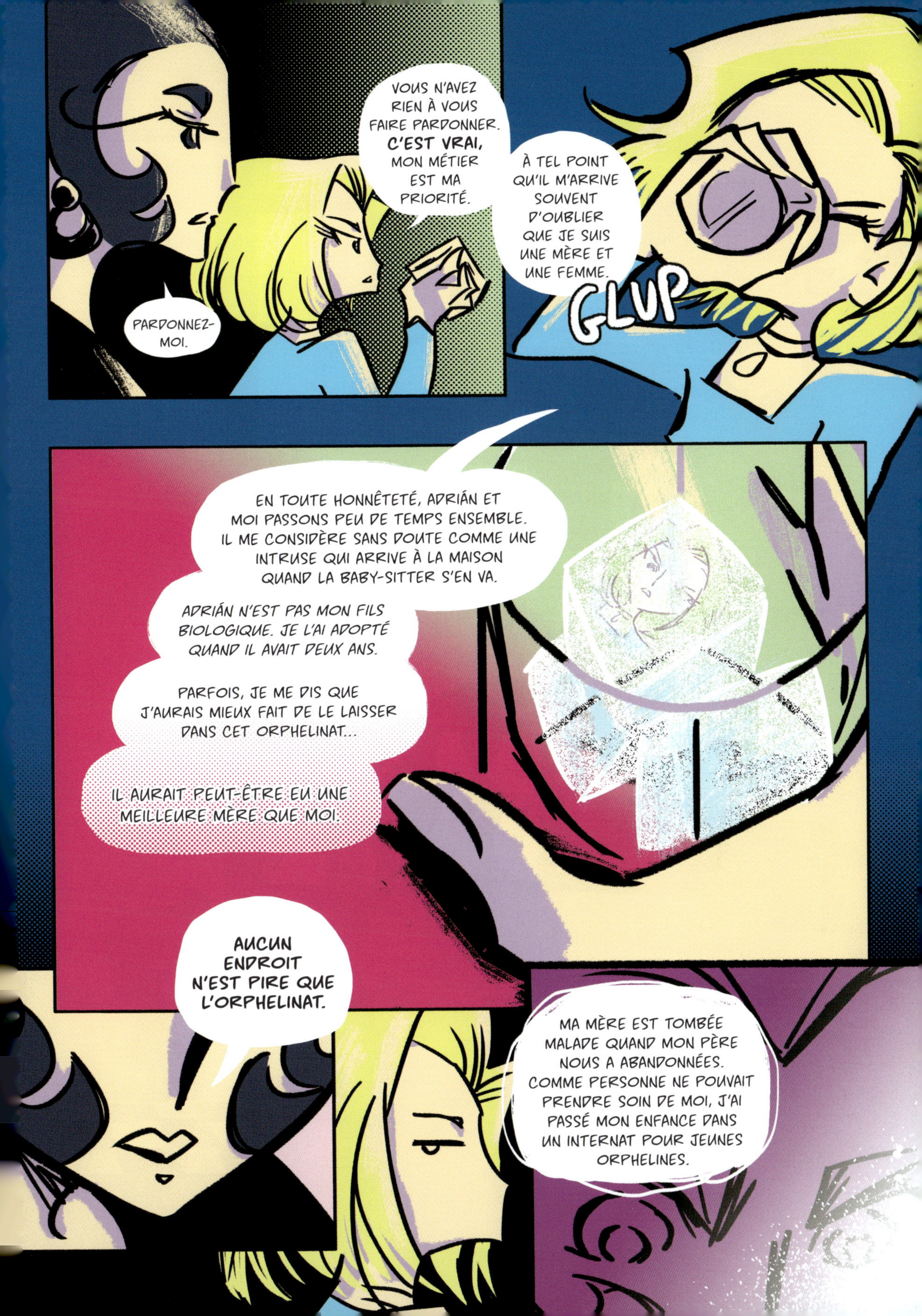
PARDONNEZ-MOI.
VOUS N'AVEZ RIEN À VOUS FAIRE PARDONNER. **C'EST VRAI,** MON MÉTIER EST MA PRIORITÉ.
À TEL POINT QU'IL M'ARRIVE SOUVENT D'OUBLIER QUE JE SUIS UNE MÈRE ET UNE FEMME.
GLUP
EN TOUTE HONNÊTETÉ, ADRIÁN ET MOI PASSONS PEU DE TEMPS ENSEMBLE. IL ME CONSIDÈRE SANS DOUTE COMME UNE INTRUSE QUI ARRIVE À LA MAISON QUAND LA BABY-SITTER S'EN VA.
ADRIÁN N'EST PAS MON FILS BIOLOGIQUE. JE L'AI ADOPTÉ QUAND IL AVAIT DEUX ANS.
PARFOIS, JE ME DIS QUE J'AURAIS MIEUX FAIT DE LE LAISSER DANS CET ORPHELINAT...
IL AURAIT PEUT-ÊTRE EU UNE MEILLEURE MÈRE QUE MOI.
AUCUN ENDROIT N'EST PIRE QUE L'ORPHELINAT.
MA MÈRE EST TOMBÉE MALADE QUAND MON PÈRE NOUS A ABANDONNÉES. COMME PERSONNE NE POUVAIT PRENDRE SOIN DE MOI, J'AI PASSÉ MON ENFANCE DANS UN INTERNAT POUR JEUNES ORPHELINES.

UNE NOUVELLE VIENT D'ARRIVER.
LA PAUVRE, ELLE EST SI PETITE...
VOUS CONNAISSEZ L'HISTOIRE DE SES PARENTS ?
C'EST UNE HONTE ! À SA PLACE, J'AURAIS PRÉFÉRÉ QU'ILS SOIENT MORTS.
CE BÂTIMENT SEMBLAIT APPARTENIR À UN AUTRE ÂGE.
C'ÉTAIT COMME SI LE TEMPS S'ÉTAIT ARRÊTÉ DANS CHAQUE PIÈCE, DANS CHACUN DES MEUBLES IMPORTÉS DES QUATRE COINS DU MONDE.
CHAQUE NUIT, EN CHACUNE D'ENTRE NOUS...
FOYER NOTRE-DAME DE LA RÉDEMPTION.
TEL ÉTAIT LE NOM DE L'ENFER SUR TERRE.

ÉCOUTEZ ! ELLE CHANTE ?
MA CHÉRIE, TU AS UNE VOIX DIVINE, MAIS ELLE MANQUE DE SINCÉRITÉ.
APPROCHE-TOI. TU VAS EXPÉRIMENTER DANS TA CHAIR LE PLAISIR ET LA DOULEUR DE LA VIE QUI FORTIFIERONT TON ÂME.

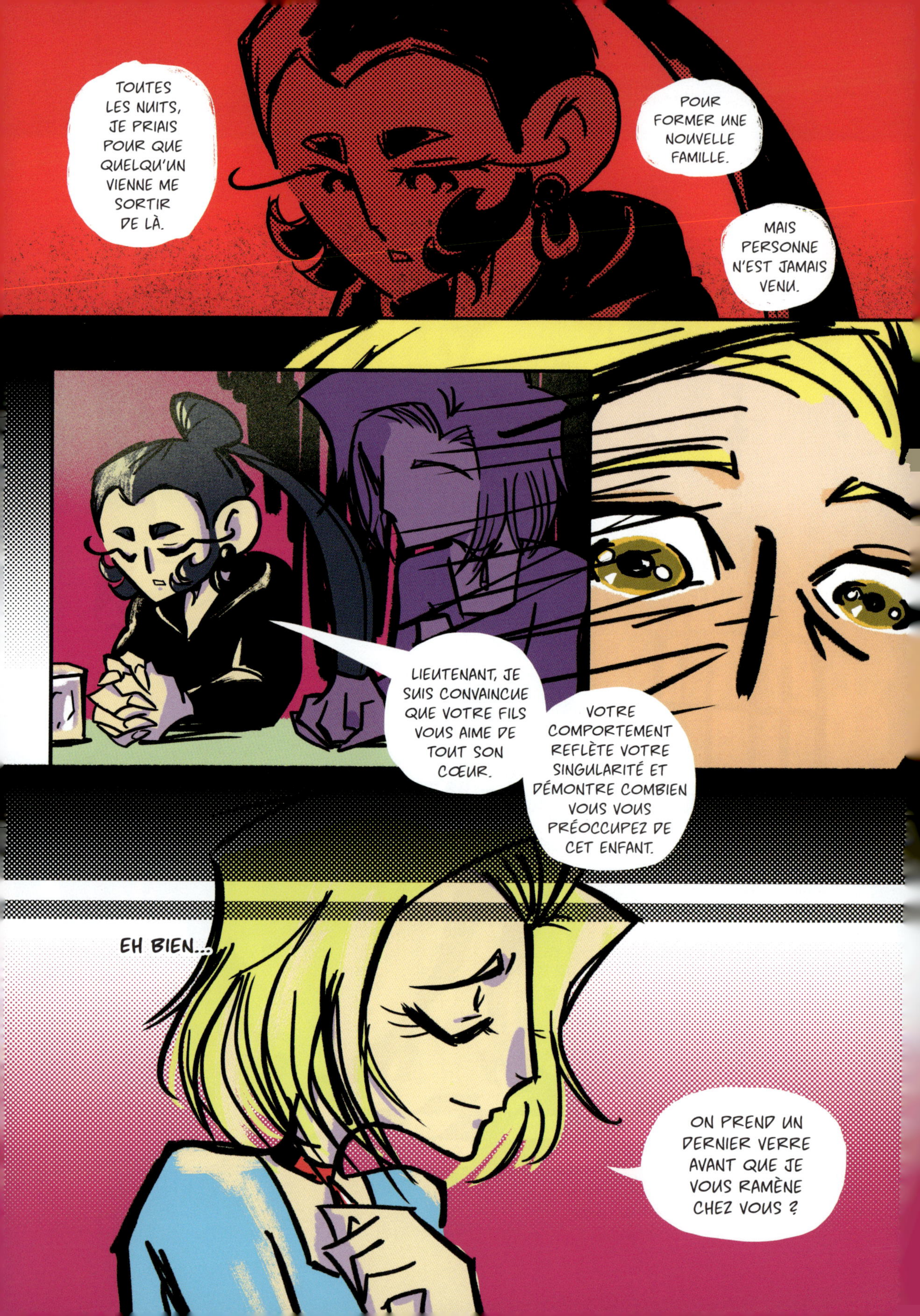
TOUTES LES NUITS, JE PRIAIS POUR QUE QUELQU'UN VIENNE ME SORTIR DE LÀ.
POUR FORMER UNE NOUVELLE FAMILLE.
MAIS PERSONNE N'EST JAMAIS VENU.
LIEUTENANT, JE SUIS CONVAINCUE QUE VOTRE FILS VOUS AIME DE TOUT SON CŒUR.
VOTRE COMPORTEMENT REFLÈTE VOTRE SINGULARITÉ ET DÉMONTRE COMBIEN VOUS VOUS PRÉOCCUPEZ DE CET ENFANT.
EH BIEN...
ON PREND UN DERNIER VERRE AVANT QUE JE VOUS RAMÈNE CHEZ VOUS ?

CE N'EST PAS UNE HEURE POUR RENTRER !!
23:17
SI J'ÉTAIS MIEUX PAYÉ, JE N'AURAIS PAS À VIVRE DANS UN APPARTEMENT SITUÉ EN DEHORS DE LA VILLE.
JUSQU'À QUAND VAIS-JE TENIR ?!
e···station
OPEN
ENCORE ?! C'EST IMPOSSIBLE ! **JE L'AI RECHARGÉE LE MOIS DERNIER !**

QUAND JE SERAI AUGMENTÉ, JE M'ACHÈTERAI UNE NOUVELLE VOITURE.
ATCHOUM !!
BRRRR...
SUR LA BASE DES DONNÉES GPS DU TÉLÉPHONE DE CARMINA O'DONNELL, ON A RECONSTITUÉ LE TRAJET DU SUSPECT...
... IL A EMPRUNTÉ LA SORTIE 5 POUR PRENDRE LA FUITE.
LA SORTIE 5... LA ROUTE RÉGIONALE !

TOC TOC
VOYONS VOIR... LE 3, À PARTIR DE 3 H DU MATIN.
SI VOUS AVEZ BESOIN D'ENREGISTREMENTS PLUS ANCIENS, IL FAUDRA VOUS ADRESSER À L'ENTREPRISE DE SÉCURITÉ.
VOUS POURRIEZ ACTIVER L'AVANCE RAPIDE ?
STOP !!
03:53:08
TE VOILÀ !

BLAM!
Dans sa toute-puissance,
Dieu choisit
Quatre rayons de soleil
Et une femme il en fit...
MONSIEUR,
ON L'A TROUVÉ.

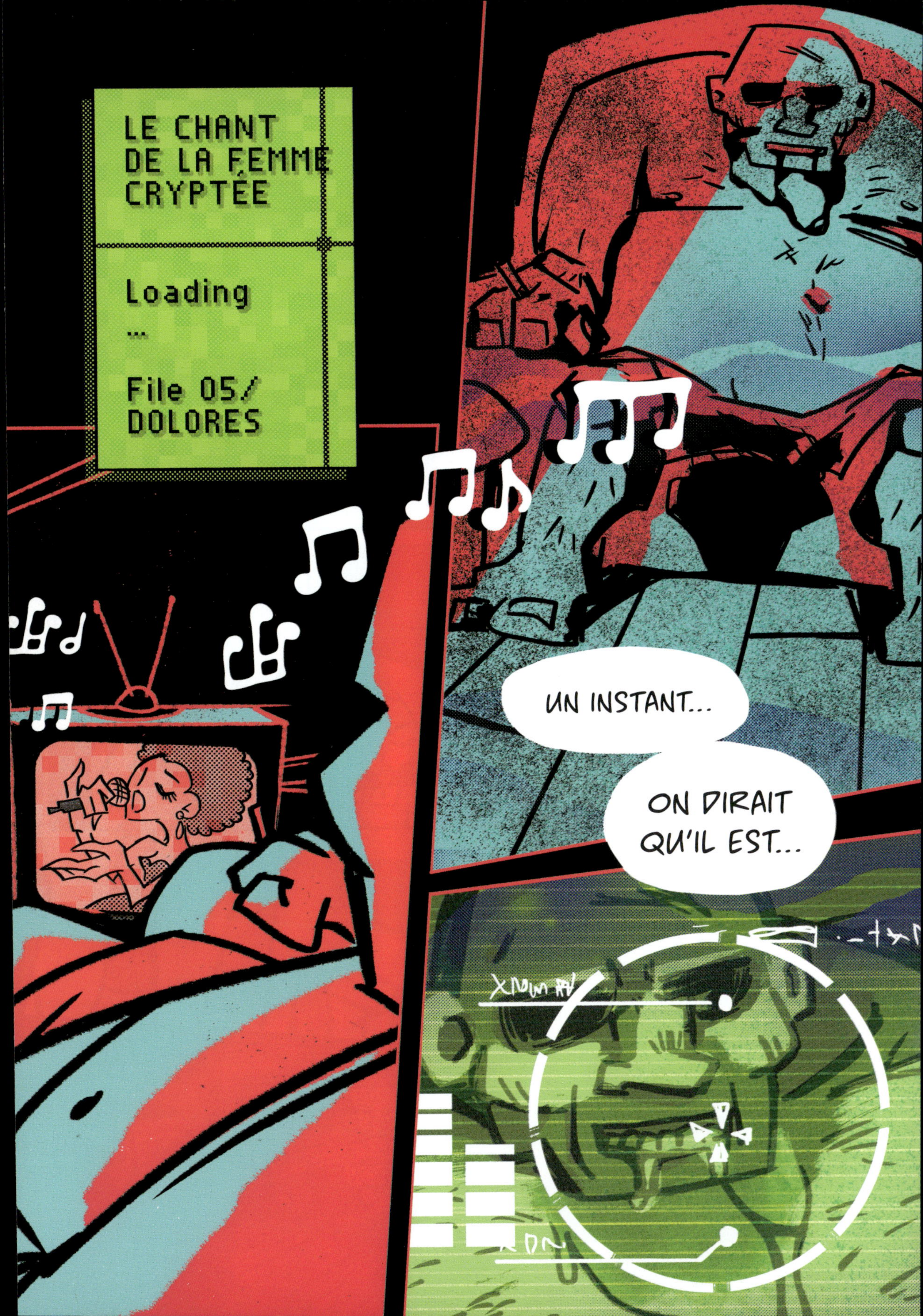
LE CHANT
DE LA FEMME
CRYPTÉE
Loading
...
File 05/
DOLORES
UN INSTANT...
ON DIRAIT
QU'IL EST...

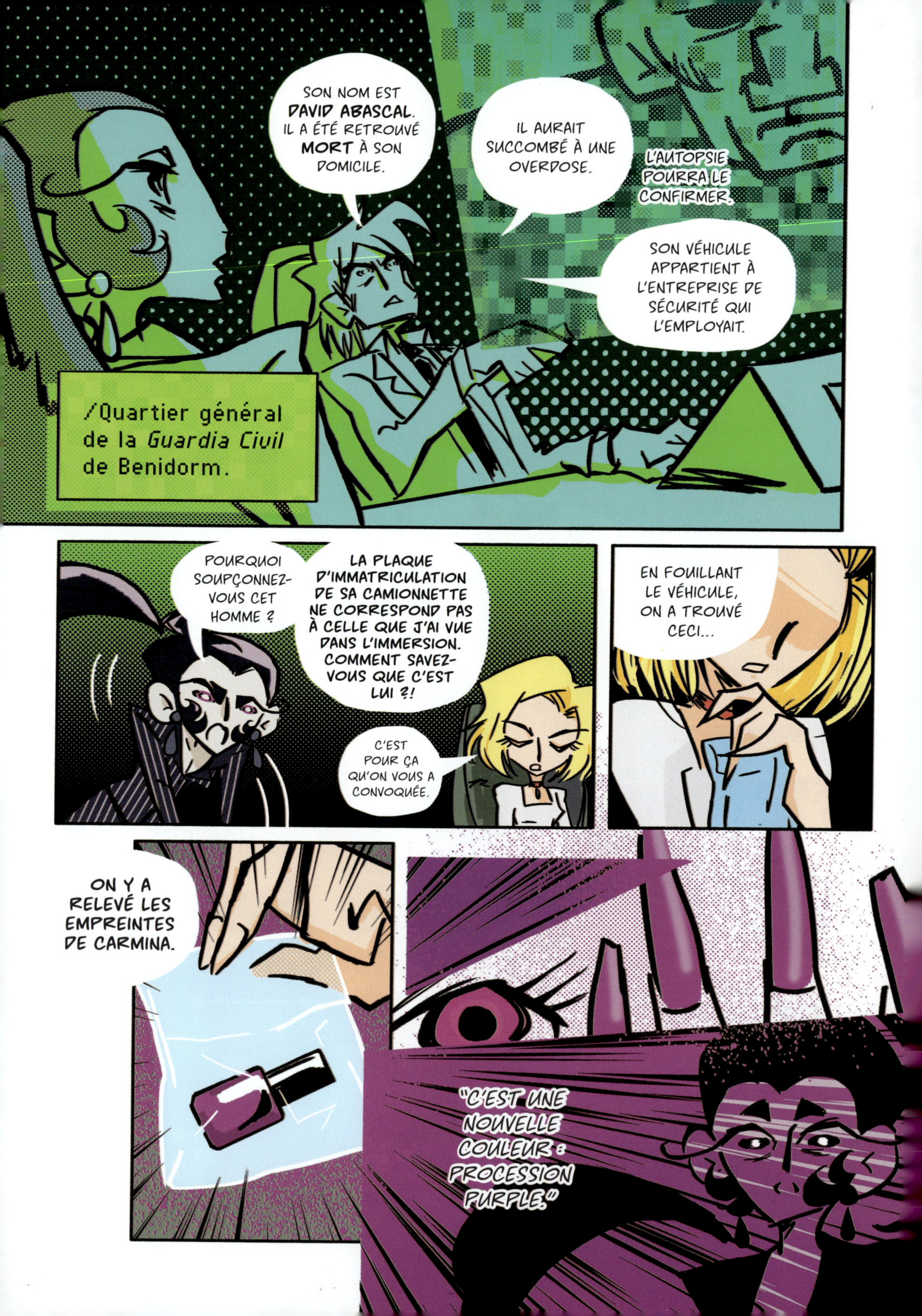
SON NOM EST DAVID ABASCAL. IL A ÉTÉ RETROUVÉ MORT À SON DOMICILE.
IL AURAIT SUCCOMBÉ À UNE OVERDOSE.
L'AUTOPSIE POURRA LE CONFIRMER.
SON VÉHICULE APPARTIENT À L'ENTREPRISE DE SÉCURITÉ QUI L'EMPLOYAIT.
/Quartier général de la Guardia Civil de Benidorm.
POURQUOI SOUPÇONNEZ-VOUS CET HOMME ?
LA PLAQUE D'IMMATRICULATION DE SA CAMIONNETTE NE CORRESPOND PAS À CELLE QUE J'AI VUE DANS L'IMMERSION. COMMENT SAVEZ-VOUS QUE C'EST LUI ?!
C'EST POUR ÇA QU'ON VOUS A CONVOQUÉE.
EN FOUILLANT LE VÉHICULE, ON A TROUVÉ CECI...
ON Y A RELEVÉ LES EMPREINTES DE CARMINA.
"C'EST UNE NOUVELLE COULEUR : PROCESSION PURPLE."

GLUP
JE CROYAIS QUE TU BUVAIS UNIQUEMENT AVANT DE MONTER SUR SCÈNE.
UTILISEZ LES TOILETTES POUR HOMMES !!

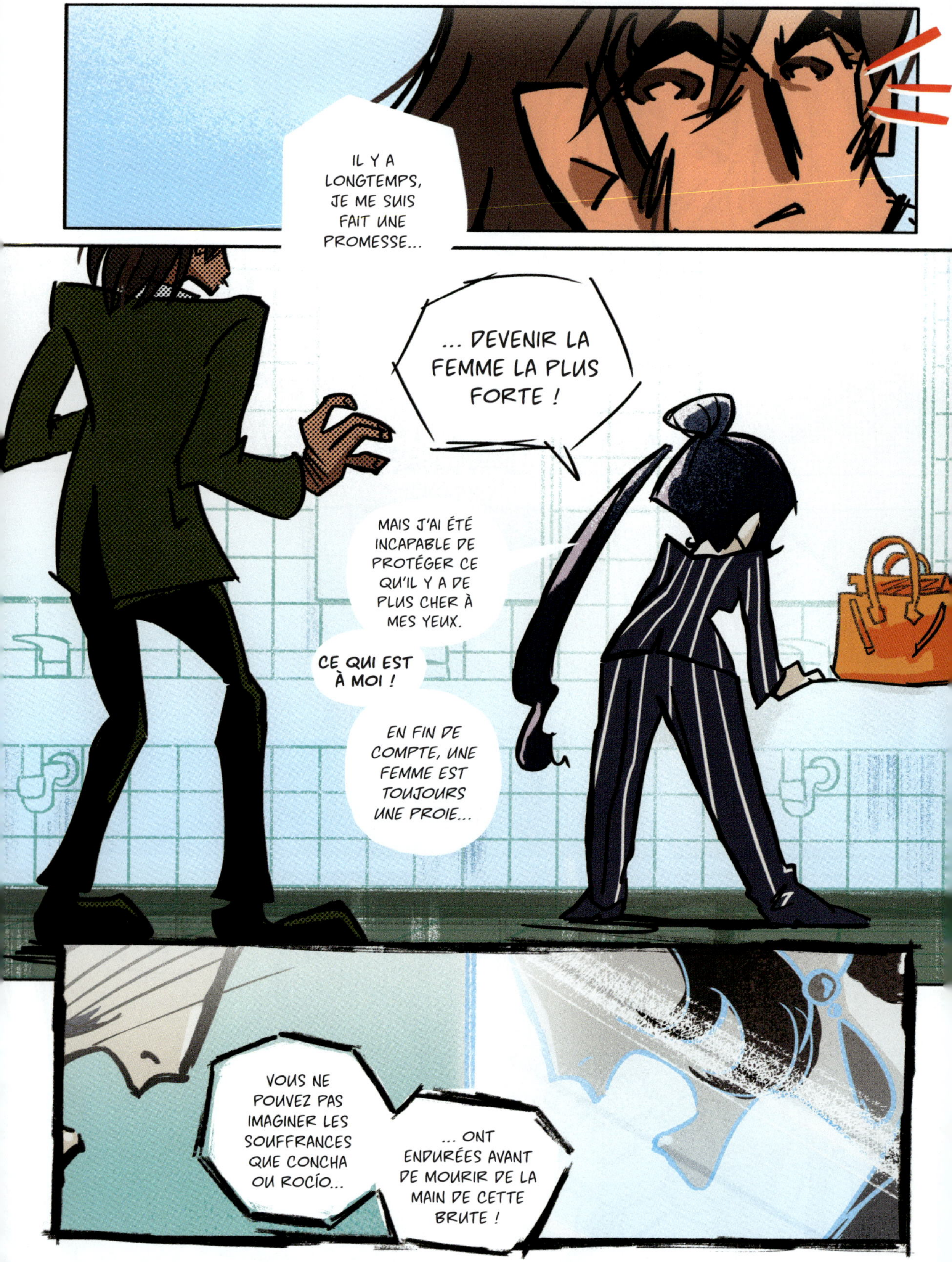
IL Y A LONGTEMPS, JE ME SUIS FAIT UNE PROMESSE...
... DEVENIR LA FEMME LA PLUS FORTE !
MAIS J'AI ÉTÉ INCAPABLE DE PROTÉGER CE QU'IL Y A DE PLUS CHER À MES YEUX.
CE QUI EST À MOI !
EN FIN DE COMPTE, UNE FEMME EST TOUJOURS UNE PROIE...
VOUS NE POUVEZ PAS IMAGINER LES SOUFFRANCES QUE CONCHA OU ROCÍO...
... ONT ENDURÉES AVANT DE MOURIR DE LA MAIN DE CETTE BRUTE !

CARMINA NE MÉRITE PAS ÇA !!
...

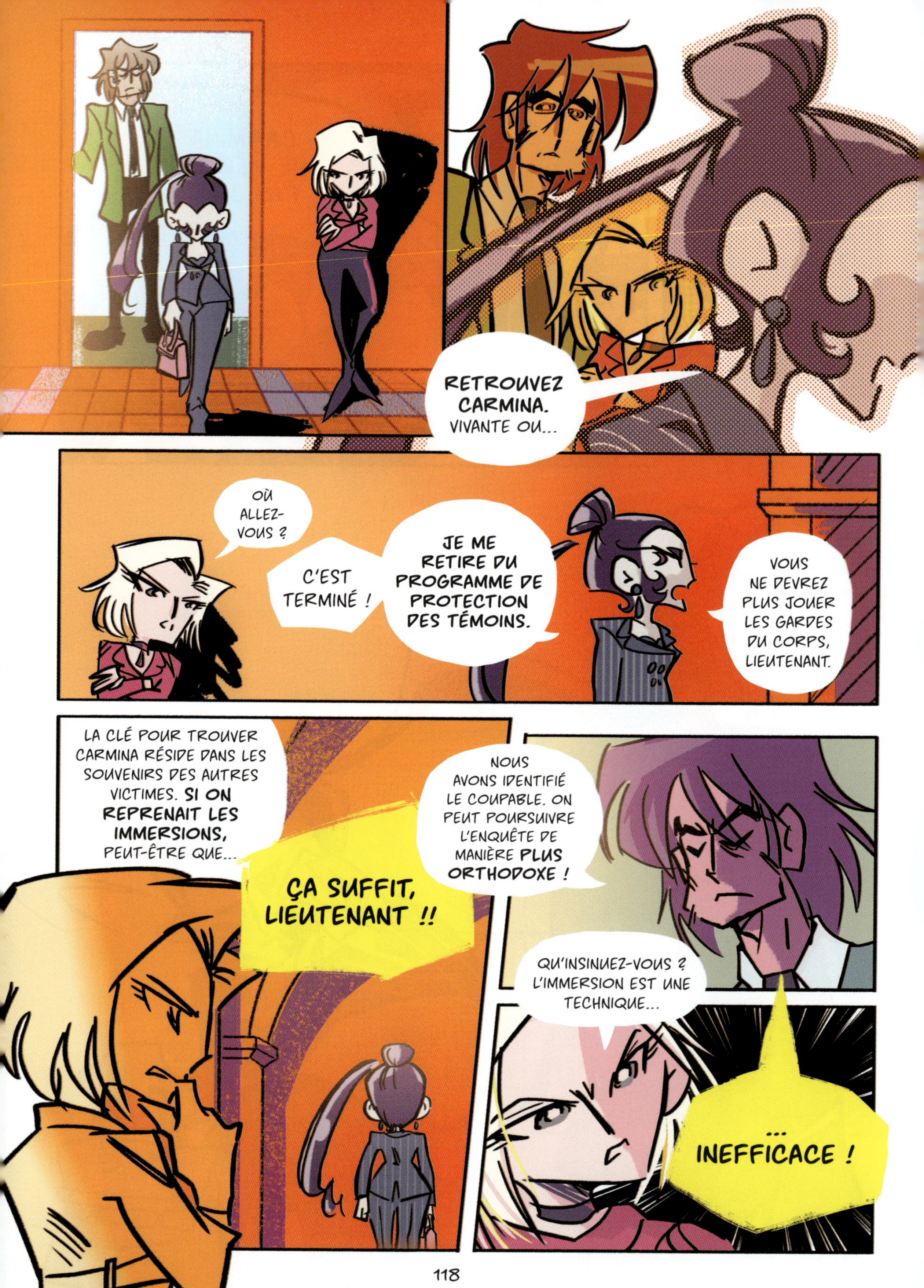
RETROUVEZ CARMINA. VIVANTE OU...
OÙ ALLEZ-VOUS ?
C'EST TERMINÉ !
JE ME RETIRE DU PROGRAMME DE PROTECTION DES TÉMOINS.
VOUS NE DEVREZ PLUS JOUER LES GARDES DU CORPS, LIEUTENANT.
LA CLÉ POUR TROUVER CARMINA RÉSIDE DANS LES SOUVENIRS DES AUTRES VICTIMES. **SI ON REPRENAIT LES IMMERSIONS,** PEUT-ÊTRE QUE...
ÇA SUFFIT, LIEUTENANT !!
NOUS AVONS IDENTIFIÉ LE COUPABLE. ON PEUT POURSUIVRE L'ENQUÊTE DE MANIÈRE **PLUS ORTHODOXE !**
QU'INSINUEZ-VOUS ? L'IMMERSION EST UNE TECHNIQUE...
... INEFFICACE !

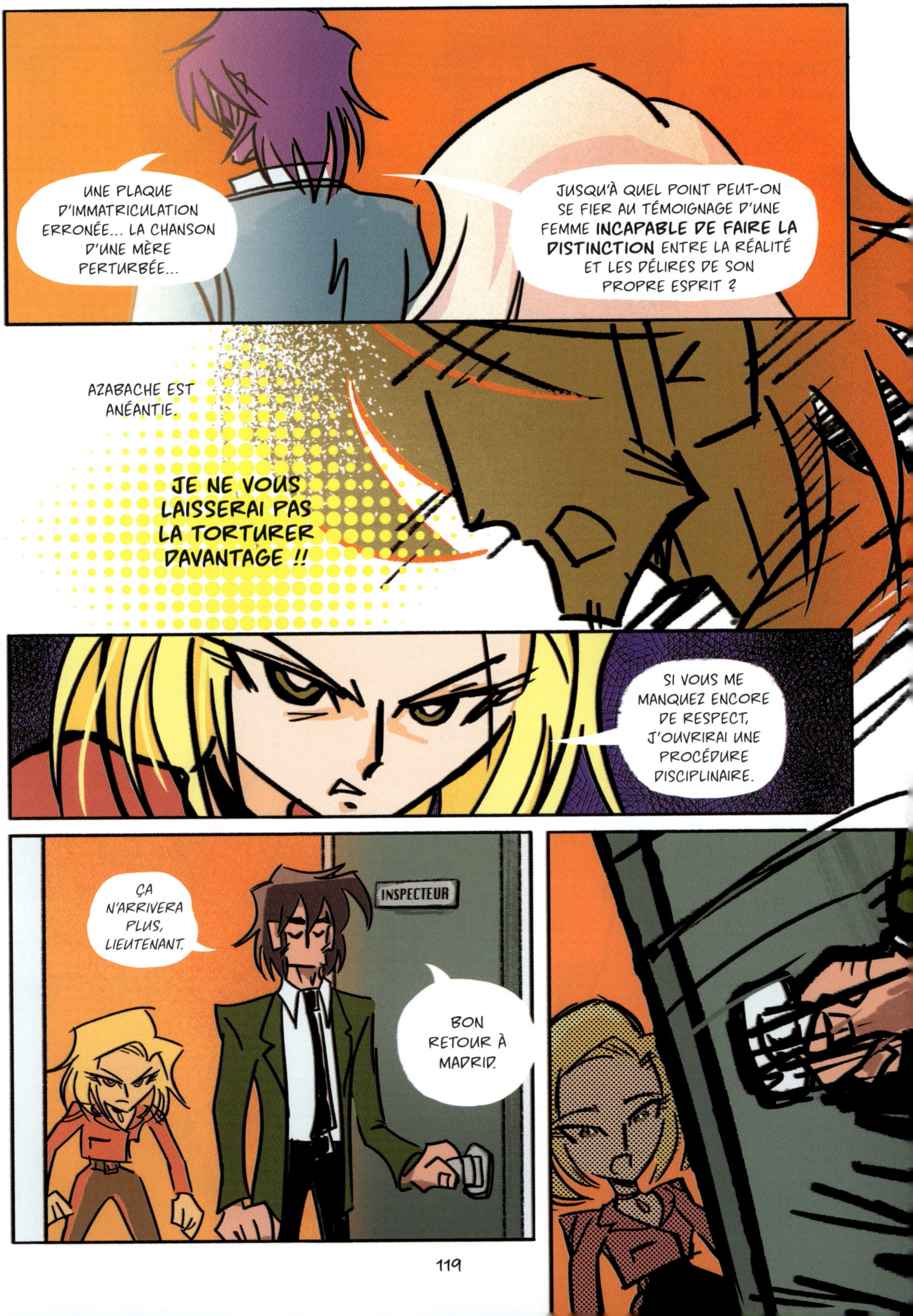
UNE PLAQUE D'IMMATRICULATION ERRONÉE... LA CHANSON D'UNE MÈRE PERTURBÉE...
JUSQU'À QUEL POINT PEUT-ON SE FIER AU TÉMOIGNAGE D'UNE FEMME **INCAPABLE DE FAIRE LA DISTINCTION** ENTRE LA RÉALITÉ ET LES DÉLIRES DE SON PROPRE ESPRIT ?
AZABACHE EST ANÉANTIE.
JE NE VOUS LAISSERAI PAS LA TORTURER DAVANTAGE !!
SI VOUS ME MANQUEZ ENCORE DE RESPECT, J'OUVRIRAI UNE PROCÉDURE DISCIPLINAIRE.
ÇA N'ARRIVERA PLUS, LIEUTENANT.
INSPECTEUR
BON RETOUR À MADRID.

SÁNCHEZ !! VOUS ALLEZ ME LE PAYER !!
ON A UN PROFIL ?
DAVID ABASCAL. 42 ANS. NÉ À ALICANTE. RÉSIDENT DE BENIDORM DEPUIS 15 ANS. CÉLIBATAIRE ET, APPAREMMENT, SANS ENFANTS...
IL FRÉQUENTAIT RÉGULIÈREMENT LA SALLE DE SPORT. IL A ÉTÉ ARRÊTÉ EN 2115 POUR POSSESSION DE DROGUES, CE QUI NE L'A PAS EMPÊCHÉ D'ÊTRE ENGAGÉ PAR UNE ENTREPRISE DE SÉCURITÉ.
SEGURISSIMA S.A. PROPOSE DES SERVICES DE SURVEILLANCE À DES ENTREPRISES PUBLIQUES ET PRIVÉES DANS TOUTE LA RÉGION. CHAQUE EMPLOYÉ S'OCCUPE DE DEUX OU TROIS BÂTIMENTS EN ALTERNANCE.
ABASCAL A COMMENCÉ À TRAVAILLER POUR SEGURISSIMA IL Y A QUATRE ANS. SELON LE GÉRANT, IL N'A JAMAIS EU UN COMPORTEMENT ÉTRANGE.
OÙ TRAVAILLAIT-IL ?
DANS UN CENTRE COMMERCIAL ET AU SIÈGE D'UNE ONG, À 30 KM D'ICI.
UNE ONG ?

UNE INSTITUTION APPELÉE "FONDATION POUR LA PROTECTION DE LA FEMME".
D'APRÈS SON SITE WEB, ELLE DÉFEND "LA DIGNITÉ MORALE DE LA FEMME POUR PRÉVENIR SON EXPLOITATION, L'ÉCARTER DU VICE ET L'ÉLEVER DANS LES VALEURS DE LA PATRIE".
BIEN, MAIS QUEL EST LE LIEN AVEC NOTRE AFFAIRE ?
J'AI ÉPLUCHÉ LE PASSÉ DES VICTIMES, MONSIEUR.

CONCHA MARTÍNEZ
ROCÍO HURTADO
SARA PIMENTE
CONCHA MARTÍNEZ ÉTAIT UNE JUNKIE QUI N'A JAMAIS SURMONTÉ SON ADDICTION.
ROCÍO HURTADO SOUFFRAIT D'ANOREXIE DEPUIS L'ADOLESCENCE.
ET SARA PIMENTEL, LA STRIP-TEASEUSE ASSASSINÉE IL Y A CINQ ANS, VIVAIT DANS UN REFUGE POUR FEMMES BATTUES.
ELLES BÉNÉFICIAIENT TOUTES DE L'AIDE D'ORGANISATIONS MEMBRES DE LA FONDATION POUR LA PROTECTION DE LA FEMME.
ABASCAL AURAIT CHOISI SES VICTIMES SUR LA BASE DES INFORMATIONS OBTENUES GRÂCE À SON EMPLOI DE GARDIEN DE SÉCURITÉ DANS L'IMMEUBLE DE LA FONDATION.
INTÉRESSANT, MAIS CARMINA O'DONNELL NE PRÉSENTE PAS LE MÊME PROFIL.

ELLE EST ISSUE D'UNE FAMILLE RICHE.
ELLE N'AVAIT PAS BESOIN DE TRAVAILLER COMME SERVEUSE.
status:
DRESSEZ UNE LISTE DES FEMMES DISPARUES DANS LA PROVINCE CES QUATRE DERNIÈRES ANNÉES !
ET VÉRIFIEZ LES ANTÉCÉDENTS D'AZABACHE MONTOYA...
EST-IL POSSIBLE...
... QU'ELLE...?

TSS
RRRRRRRRRRR
MIAAA
Ding Dong
CHAK

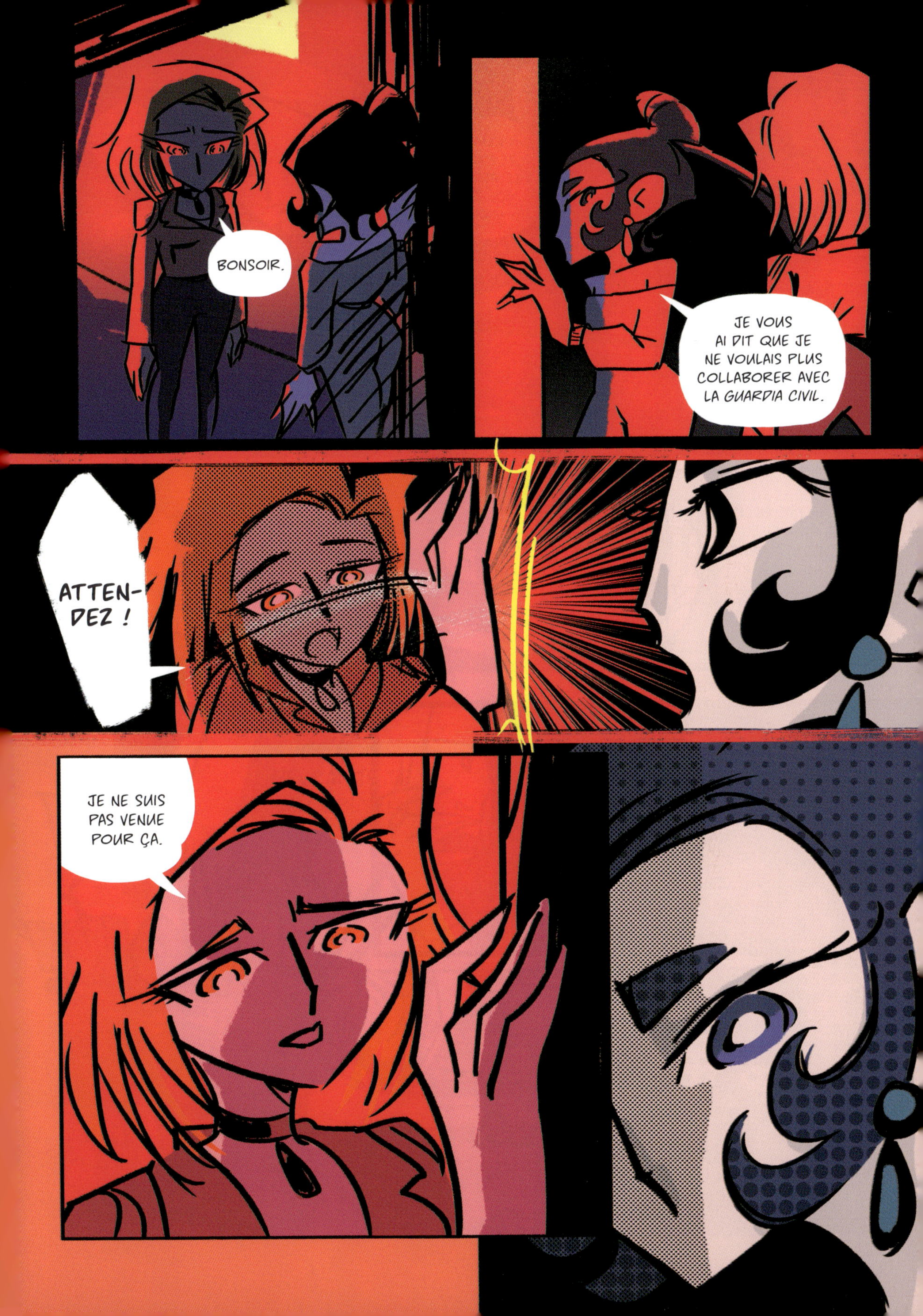
BONSOIR.
JE VOUS AI DIT QUE JE NE VOULAIS PLUS COLLABORER AVEC LA GUARDIA CIVIL.
ATTEN-DEZ !
JE NE SUIS PAS VENUE POUR ÇA.

MON TRAVAIL ICI EST TERMINÉ.
DEMAIN, JE PRENDS LE PREMIER VOL POUR MADRID.
EH, ARRÊTE !
RRRRR...
CETTE FILLE N'A RIEN DE MIEUX À FAIRE CE SOIR ?
TU ES UNE CHATTE TRÈS AFFECTUEUSE !
TAP TAP TAP
POW!

MIAOU
VA JOUER AILLEURS !
UN CHAT NOIR...
... UN JEU DE TAROT...
DITES-MOI LA VÉRITÉ...
QUI ÊTES-VOUS VRAIMENT ?

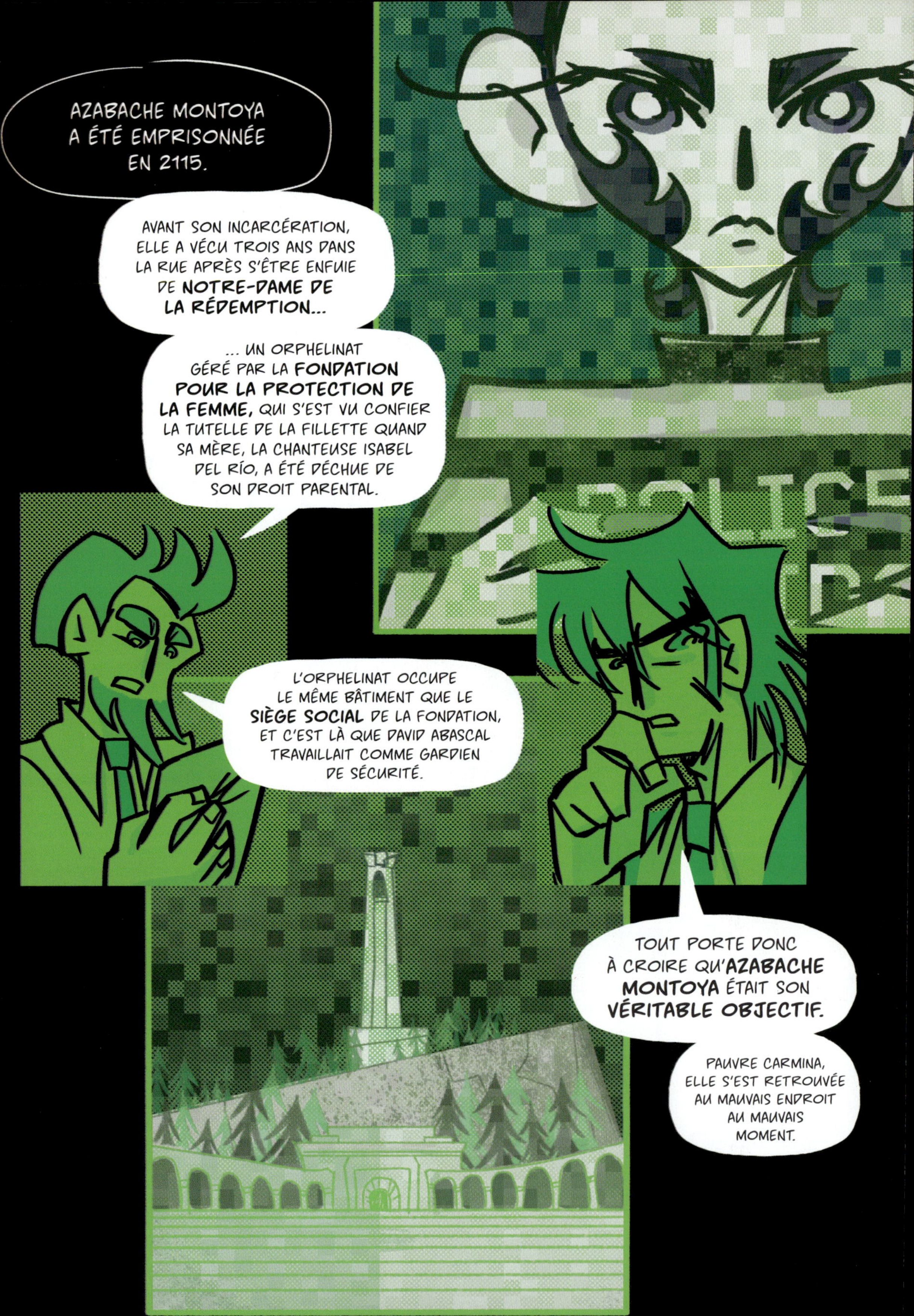
AZABACHE MONTOYA A ÉTÉ EMPRISONNÉE EN 2115.
AVANT SON INCARCÉRATION, ELLE A VÉCU TROIS ANS DANS LA RUE APRÈS S'ÊTRE ENFUIE DE NOTRE-DAME DE LA RÉDEMPTION...
... UN ORPHELINAT GÉRÉ PAR LA FONDATION POUR LA PROTECTION DE LA FEMME, QUI S'EST VU CONFIER LA TUTELLE DE LA FILLETTE QUAND SA MÈRE, LA CHANTEUSE ISABEL DEL RÍO, A ÉTÉ DÉCHUE DE SON DROIT PARENTAL.
L'ORPHELINAT OCCUPE LE MÊME BÂTIMENT QUE LE SIÈGE SOCIAL DE LA FONDATION, ET C'EST LÀ QUE DAVID ABASCAL TRAVAILLAIT COMME GARDIEN DE SÉCURITÉ.
TOUT PORTE DONC À CROIRE QU'AZABACHE MONTOYA ÉTAIT SON VÉRITABLE OBJECTIF.
PAUVRE CARMINA, ELLE S'EST RETROUVÉE AU MAUVAIS ENDROIT AU MAUVAIS MOMENT.

CRÉÉE EN 2069, LA FONDATION AVAIT POUR OBJECTIF DE PROTÉGER LES FILLES TOUCHÉES PAR LA GUERRE. AU FIL DU TEMPS, DES **"FOYERS"** POUR JEUNES FILLES ONT ÉTÉ CRÉÉS SUR TOUT LE TERRITOIRE ESPAGNOL.
LA FONDATION A AUSSI DIVERSIFIÉ SES ACTIVITÉS. ELLE S'EST NOTAMMENT LANCÉE DANS LA PROMOTION DU PATRIMOINE CULTUREL ESPAGNOL GRÂCE AU MÉCÉNAT D'AUTRES INSTITUTIONS.
SA FONDATRICE, ANGELITA DOMÍNGUEZ, EST DEVENUE UNE FEMME TRÈS INFLUENTE...
... ET LA CIBLE DE **LA LLIGA GROGA,** QUI L'A ASSASSINÉE EN 2094.

LA LLIGA GROGA A ÉTÉ CRÉÉE EN RÉPONSE À LA RÉORGANISATION TERRITORIALE ET À LA NON-INCLUSION DE LA COMMUNAUTÉ DE VALENCE DANS LE NOUVEAU PAYS CATALAN.
SES MEMBRES S'EN PRENNENT AUX INSTITUTIONS ET AUX PERSONNALITÉS QUI, SELON EUX, INCARNENT CE QU'ILS APPELLENT LE "COLONIALISME ESPAGNOL".
LE TRAITÉ POUR L'ENTENTE DES PEUPLES, QUI A MIS UN TERME À LA GUERRE, ÉTAIT CENSÉ INAUGURER UNE ÈRE DE PAIX ET POURTANT...
MALGRÉ L'ASSASSINAT DE SA FONDATRICE, LA FONDATION A POURSUIVI SON ACTIVITÉ PHILANTHROPIQUE.
À CE PROPOS, MONSIEUR, UN ÉLÉMENT A ATTIRÉ MON ATTENTION...
3
2
1

L'ANNÉE OÙ ELLE A ÉTÉ ASSASSINÉE, DOMÍNGUEZ A PARTICIPÉ, COMME MEMBRE DU JURY, À UN TÉLÉ-CROCHET REMPORTÉ PAR ISABEL DEL RÍO...
ET, À VOTRE AVIS, AVEC QUELLE CHANSON A-T-ELLE REMPORTÉ LE CONCOURS ?

À VRAI DIRE, JE NE CROIS PAS À CES CHOSES-LÀ.
TAISEZ-VOUS !!
SI VOUS NE PRENEZ PAS ÇA AU SÉRIEUX, AUTANT ARRÊTER TOUT DE SUITE.
NON, NON, CONTINUEZ !
LE 9 DE CARREAU, L'IMPÉRATRICE ET LA MORT...

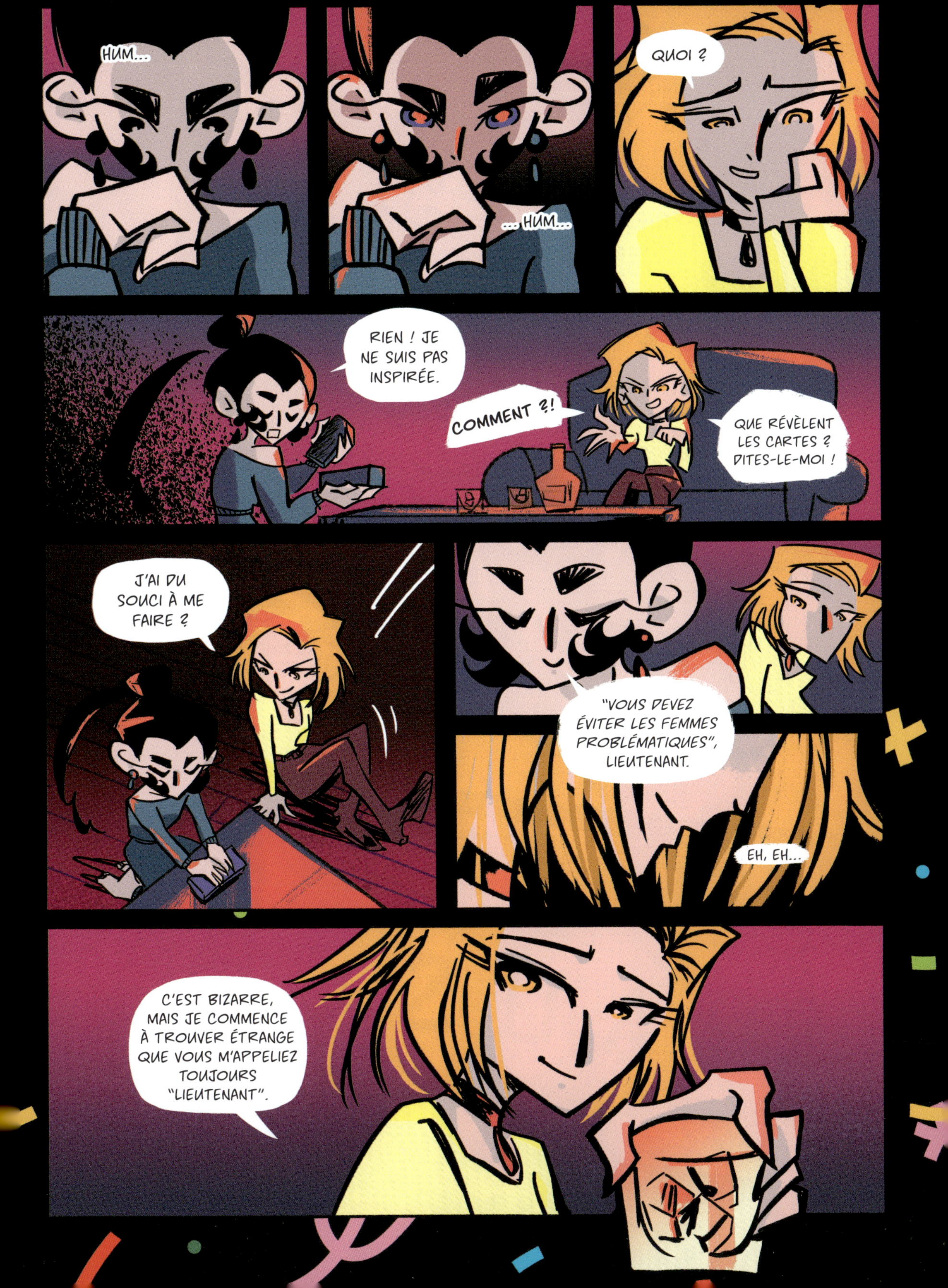
HUM...
... HUM...
QUOI ?
RIEN ! JE NE SUIS PAS INSPIRÉE.
COMMENT ?!
QUE RÉVÈLENT LES CARTES ? DITES-LE-MOI !
J'AI DU SOUCI À ME FAIRE ?
"VOUS DEVEZ ÉVITER LES FEMMES PROBLÉMATIQUES", LIEUTENANT.
EH, EH...
C'EST BIZARRE, MAIS JE COMMENCE À TROUVER ÉTRANGE QUE VOUS M'APPELIEZ TOUJOURS "LIEUTENANT".

ET LA GAGNANTE EST... ISABEL DEL RÍO !!
AVEC SA CHANSON À LA RECHERCHE DE LA COPLA !
LE PRIX EST REMIS PAR LA PRÉSIDENTE DU JURY, ANGELITA DOMÍNGUEZ !
PAUSE
CONTRAIREMENT À CARMINA, LES TROIS FEMMES ASSASSINÉES BÉNÉFICIAIENT DE L'AIDE DE L'ORGANISATION CRÉÉE PAR ANGELITA DOMÍNGUEZ EN 2069.

Benidorm Times
ANGELITA DOMÍNGEZ IMPLIQUÉE DANS UNE AFFAIRE DE BLANCHIMENT
DOMÍNGUEZ EST DEVENUE CÉLÈBRE GRÂCE AUX ACTIVITÉS DE LA FONDATION POUR LA PROTECTION DE LA FEMME. CEPENDANT, DE NOMBREUX SCANDALES SONT VENUS TERNIR SON IMAGE.
LE MINISTÈRE PUBLIC RÉCLAME TROIS ANS DE PRISON
RIBUNAL
5TV
NVESTIS EN CHIRURGIE ESTHÉTIQUE
dorm Guardian
ens avec l'extrême droit
ELLE ÉTAIT LOIN D'ÊTRE ANGÉLIQUE, CETTE ANGELITA !
MONSIEUR !

MONSIEUR !
ON S'EN VA.
...
J'AI PRÉPARÉ LA LISTE DE FEMMES DISPARUES QUE VOUS M'AVEZ DEMANDÉE.
ON PEUT FAIRE AUTRE CHOSE ?
FERMEZ LA PORTE EN PARTANT.
À DEMAIN, MONSIEUR.
SLAM
ON TRAVAILLE DEPUIS PLUS DE 12 HEURES ! J'AI UN RENDEZ-VOUS CE SOIR ET JE N'AI PAS CHANGÉ DE CALEÇON.

VOYONS VOIR...
CHANNEL
CALL
CHANNEL 4
CALL
CHANNEL
CHANNEL 4
CALL
CHANNEL 4
OPEN
CHANNEL
TU AS UNE SALE TÊTE !
J'ESPÈRE QUE TU NE M'AS PAS APPELÉ JUSTE POUR ME DIRE ÇA, **PAPA**.

J'AI TROUVÉ QUELQUE CHOSE QUI POURRAIT T'INTÉRESSER.
L'AUTOPSIE CORROBORE LES PREUVES TROUVÉES AU DOMICILE : LA CAUSE DE LA MORT SERAIT BIEN UNE OVERDOSE DE STUPÉFIANTS.
EN TOUT CAS, C'EST CE QUE SEMBLE CONFIRMER L'ANALYSE DE SANG, QUI A RÉVÉLÉ LA PRÉSENCE D'HÉROÏNE, DE COCAÏNE ET D'ALCOOL.
COMME LE SUJET NE PEUT AVOIR INGÉRÉ DES TONNES DE POISSONS...
... IL A PEUT-ÊTRE VOULU SE SUICIDER... CE SERAIT UNE GRANDE PREMIÈRE.
TU CROIS QU'IL AURAIT PU ÊTRE...
... EMPOI-SONNÉ ?

MAIS...?
COMMENT SONT-ILS ARRIVÉS LÀ ?
DES QUANTITÉS DE CADMIUM ET DE MANGANÈSE SUPÉRIEURES À LA NORMALE ONT ÉGALEMENT ÉTÉ DÉTECTÉES. IL S'AGIT DE MÉTAUX LOURDS EXTRÊMEMENT TOXIQUES UTILISÉS DANS L'INDUSTRIE DU PÉTROLE, DU VERRE ET DE LA BRIQUE.
CES SUBSTANCES SE DÉCOMPOSENT RAPIDEMENT. SI ON NE LES AVAIT PAS DÉCELÉES, ON EN AURAIT CONCLU QUE LA MORT AVAIT ÉTÉ PROVOQUÉE PAR L'USAGE SIMULTANÉ DE DIFFÉRENTES DROGUES...
S'IL A ÉTÉ EMPOISONNÉ, LE OU LES AUTEURS NE S'ATTENDAIENT PAS À CE QUE LE CORPS SOIT DÉCOUVERT SI VITE.

ALLEZ !!
RÉPONDS !!
CLANK

PI PI PI PI PI PI PI PI PI
JE SUIS SURPRISE DE VOUS ENTENDRE, INSPECTEUR. EN QUOI PUIS-JE VOUS AIDER ?
J'ESSAIE DE LOCALISER AZABACHE, MAIS ELLE NE RÉPOND PAS AU TÉLÉPHONE. SAURIEZ-VOUS OÙ ELLE SE TROUVE PAR HASARD ?
ET POURQUOI LE SAURAIS-JE ? JE VOUS RAPPELLE QUE J'AI ÉTÉ ÉCARTÉE DE L'AFFAIRE.
QUE SE PASSE-T-IL ?

ABASCAL N'AGISSAIT PAS SEUL.
IL AVAIT UN COMPLICE ?
SA CIBLE N'ÉTAIT PAS CARMINA, MAIS AZABACHE !
JE VOUS EXPOSERAI LES DÉTAILS PLUS TARD. **JE ME DIRIGE VERS SON APPARTEMENT.**
D'ACCORD, ON SE RETROUVE LÀ-BAS.
UNE DERNIÈRE CHOSE !
JE VOULAIS M'EXCUSER POUR...
PIIIIIIIIIII...
ELLE A RACCROCHÉ !

QUELQU'UN A ÉCRIT UN JOUR : "LA SOUFFRANCE SE JUSTIFIE DÈS QU'ELLE DEVIENT LA MATIÈRE PREMIÈRE DE LA BEAUTÉ"...

JE N'ARRIVE PAS À ME RAPPELER QUI EST L'AUTEUR DE CETTE PHRASE...
MIAOU!

MARRAOW!

BOUM-BOUM BOUM-BOUM BOUM-BOUM

SÁNCHEZ !

LIEUTENANT !
J'AI FAILLI TIR...
PAW
VOUS NE MANQUEREZ PLUS JAMAIS DE RESPECT À UN SUPÉRIEUR.

PAF!

C'EST LA DERNIÈRE FOIS QUE TU TE COMPORTES COMME UN GARÇON MANQUÉ. COMPRIS, HILDEGART ?
HILDEGART, TU M'ENTENDS ?
COMBIEN DE FOIS DEVRAI-JE VOUS RÉPÉTER QUE CE N'EST PLUS MON NOM.
POURQUOI NE RÉPONDS-TU PAS ?
JE DEVAIS ME DÉBARRASSER DES ORDURES.

LE CHANT DE LA FEMME CRYPTÉE
Loading
...
File 06/ DOLORES.2
CET IMBÉCILE D'ABASCAL NOUS A FAIT PERDRE UN TEMPS PRÉCIEUX.
ON COMMENCERA SANS TOI.
COMMENT VA-T-ELLE ?
LA PHASE BÊTA VIENT DE DÉBUTER... SERAIS-TU INQUIÈTE, PAR HASARD ?
PAS DU TOUT. C'EST JUSTE QUE CETTE FEMME EST DIFFÉRENTE DES AUTRES.
ENCORE HEUREUX !

AZABACHE MONTOYA EST NÉE SOUS UNE MAUVAISE ÉTOILE...

ELLE ÉTAIT VOUÉE À UN DESTIN TRAGIQUE.
COMME LES HÉROÏNES DES COPLAS QU'ELLE INTERPRÈTE.
LES COPLAS PARLENT D'AMOUR, DE JALOUSIE ET DE TRAGÉDIES. ELLES EXPLORENT LA CULPABILITÉ, LA TRAHISON, LA GLOIRE ET LA DOULEUR.
LA COPLA INCARNE LA PASSION DÉBORDANTE ET INCONTRÔLABLE !

C'EST CETTE PASSION QUI A FAIT D'ELLE UNE ARTISTE...
OU PLUTÔT... UNE MARTYRE !

HILDEGART...
... BIEN QUE, JOUR APRÈS JOUR, TU SOIS LE TÉMOIN OBLIGÉ DE L'OBSCURITÉ QUI HABITE L'ÂME HUMAINE...
AURORA RODRÍGUEZ
... BIEN QUE TU AIES CONSCIENCE QUE L'HOMME SERA TOUJOURS LA PLUS CRUELLE DES ESPÈCES QUOI QUE TU FASSES...
... TU GARDES LA FOI.

LES GENS FINISSENT TOUJOURS PAR TE DÉCEVOIR.
COMBIEN DE FOIS DEVRAI-JE TE LE RÉPÉTER, MA FILLE ?
/Siège de la Fondation pour la protection de la femme.
30 km au nord de Benidorm.

DIRECT
ECTRICE
OUT OF
ORDER
STAFF

ACCESS GRANTED
-10

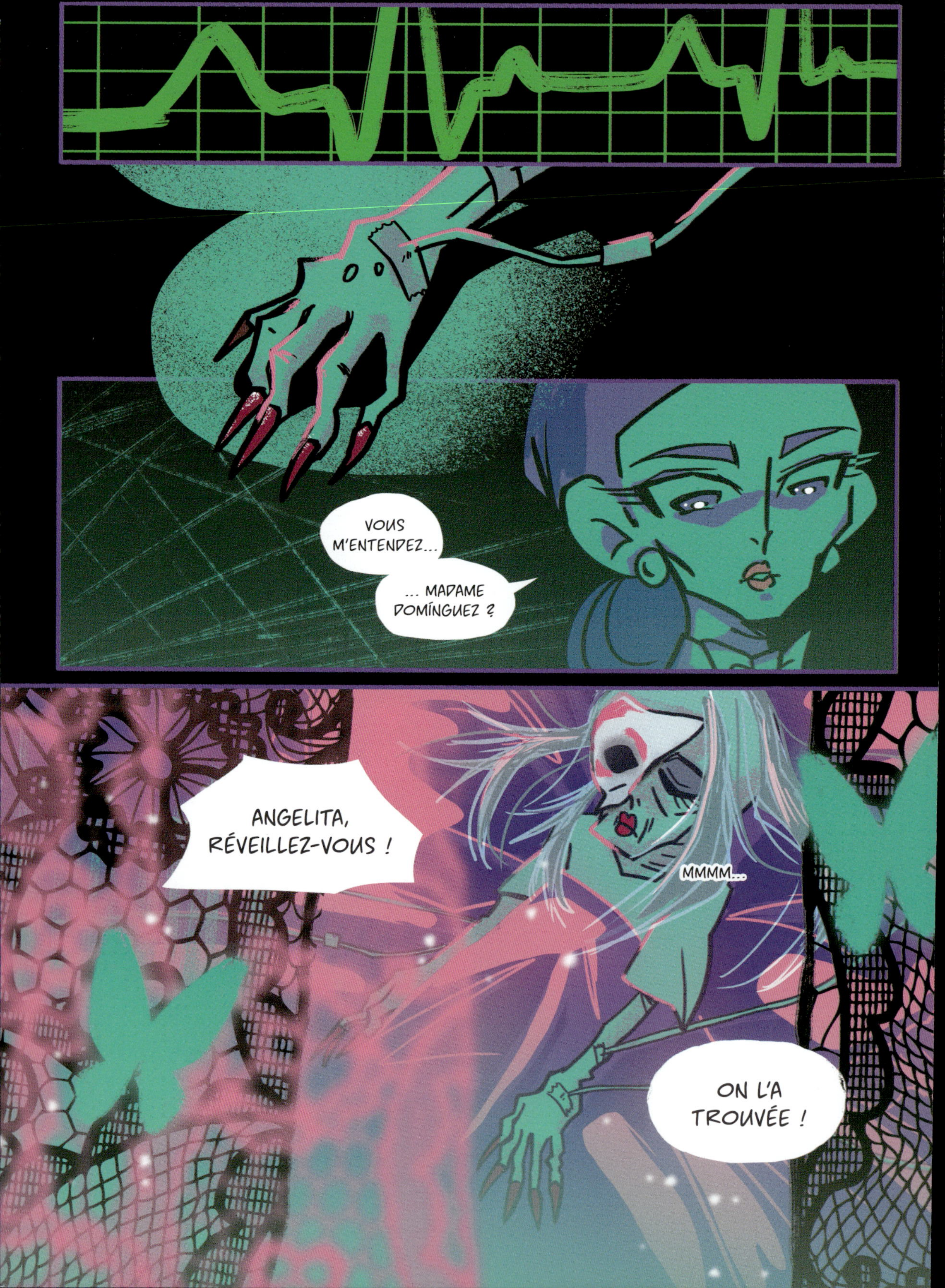
VOUS M'ENTENDEZ...
... MADAME DOMÍNGUEZ ?
ANGELITA, RÉVEILLEZ-VOUS !
MMMM...
ON L'A TROUVÉE !

ON A TROUVÉ LA DERNIÈRE PIÈCE NOUS PERMETTANT DE MENER À BIEN LE PROJET 1892 !

... SNIF...
... SNIF...
TOI AUSSI, ILS T'ONT FRAPPÉE ?
SI J'ARRIVAIS À M'ENFUIR D'ICI...
... TU VIENDRAIS AVEC MOI ?

MADEMOISELLE RODRÍGUEZ !
IL EST STRICTEMENT INTERDIT DE PARLER AUX RÉSIDENTES !
VOTRE MÈRE EST LA DIRECTRICE DE CET ORPHELINAT.
JE ME VOIS DANS L'OBLIGATION DE L'INFORMER DE CET INCIDENT.
MÈRE...

...QUAND J'AI ÉTÉ ADMISE À L'ACADÉMIE MILITAIRE, J'AI CHANGÉ DE NOM.
UN NOM QUE J'AI CHOISI.
UNE NOUVELLE IDENTITÉ POUR UNE NOUVELLE VIE LOIN DE TOI ET DU PASSÉ.
MAIS PEU IMPORTE MON NOM. UN NOM NE PEUT PAS, À LUI SEUL, CHANGER UNE LÂCHE.
EN REVANCHE, TOI...
...TU AS EU LE COURAGE DE VIVRE À TA GUISE.
J'AURAIS TELLEMENT AIMÉ GOÛTER À CETTE LIBERTÉ...

MÈRE...
TU NE T'ARRÊTERAS PAS TANT QUE TU NE M'AURAS PAS TOUT PRIS ?

CHERCHE-LA ET TU LA TROUVERAS...
SON PÈRE N'ÉTAIT ENCORE QU'UN JEUNE TORERO QUAND IL A MIS ISABEL ENCEINTE.
AZABACHE MONTOYA EST LA FILLE DE FEU LA CHANTEUSE ISABEL DEL RÍO.
DE LUNE BLANCHE VÊTUE
L'ÂME ENDEUILLÉE
DANS LA NUIT LES YEUX PLONGÉS

DANS LA RUE RÉSONNE SON NOM
C'EST LA COPLA DÉLAISSÉE !
LA VENUE DE CET ENFANT N'ÉTAIT PAS PRÉVUE. CEPENDANT, ET COMPTE TENU DES CONVICTIONS RELIGIEUSES D'ISABEL, ILS ONT DÉCIDÉ DE LE GARDER À UNE CONDITION...
... NE PAS RÉVÉLER LE NOM DU PÈRE AFIN DE NE PAS COMPROMETTRE SA CARRIÈRE DE TORERO.
IL N'A MÊME PAS DONNÉ SON NOM À SA FILLE... IL S'EST VOLATILISÉ QUAND AZABACHE ÉTAIT ÂGÉE DE TROIS ANS.
À CAUSE PEUT-ÊTRE DE LA DÉPRESSION DANS LAQUELLE ELLE A SOMBRÉ, ISABEL A DÉVELOPPÉ UN ALZHEIMER PRÉCOCE ET A ÉTÉ INTERNÉE DANS UN HÔPITAL PSYCHIATRIQUE JUSQU'À SA MORT.
VOILÀ ! MAGNIFIQUE, COMME TOUJOURS !
HUM...

ET C'EST POUR CETTE RAISON QUE LA PETITE A ÉTÉ PLACÉE DANS UN ORPHELINAT.
MÊME SI ELLE ÉTAIT ENCORE TRÈS JEUNE, AZABACHE POSSÉDAIT DÉJÀ UN TALENT EXTRAORDINAIRE POUR LA MUSIQUE.
MAIS, UNE NUIT, ELLE S'EST ENFUIE DU CENTRE...
À 13 ANS À PEINE, ELLE A SURVÉCU DANS LA RUE...

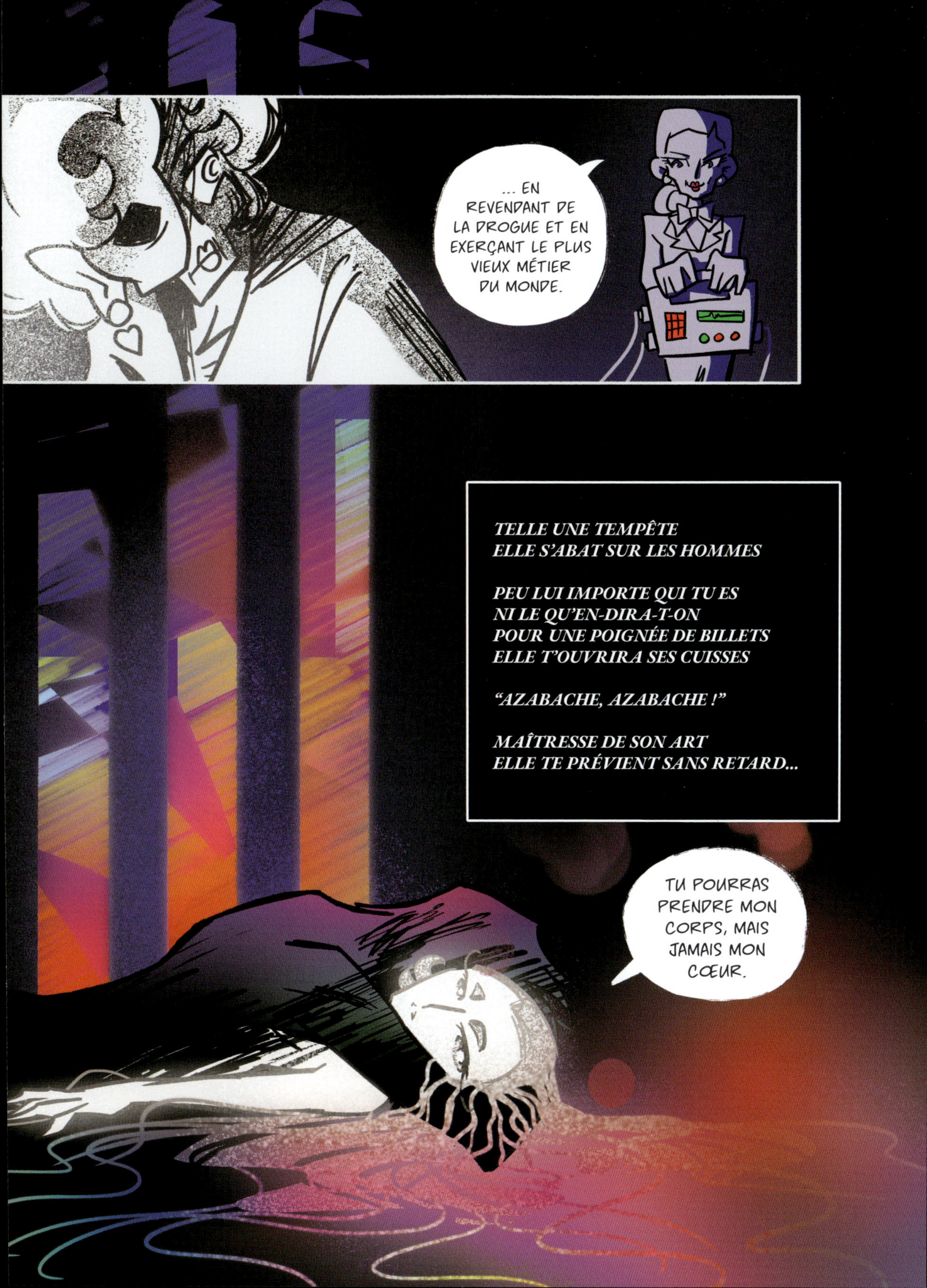
... EN REVENDANT DE LA DROGUE ET EN EXERÇANT LE PLUS VIEUX MÉTIER DU MONDE.
TELLE UNE TEMPÊTE
ELLE S'ABAT SUR LES HOMMES
PEU LUI IMPORTE QUI TU ES
NI LE QU'EN-DIRA-T-ON
POUR UNE POIGNÉE DE BILLETS
ELLE T'OUVRIRA SES CUISSES
"AZABACHE, AZABACHE !"
MAÎTRESSE DE SON ART
ELLE TE PRÉVIENT SANS RETARD...
TU POURRAS PRENDRE MON CORPS, MAIS JAMAIS MON CŒUR.

DANS L'ÉLIXIR DE BAR
SES MOTS ELLE TREMPA
AUX PORTES DE L'AUBE
ON FRAPPA
UN HOMME AUX CHEVEUX ARGENTÉS
PAYA CE QUE PERSONNE N'AVAIT
JAMAIS OSÉ
ET AZABACHE L'INDOMPTABLE
IL AVAIT DOMINÉE
CES INFORMATIONS, NOUS NE LES AVONS OBTENUES QU'APRÈS COUP.
ENTRE SA FUITE ET SON INCARCÉRATION, NOUS AVONS PERDU SA TRACE.
GRÂCE À NOS CONTACTS AU SEIN DU MINISTÈRE, ELLE A BÉNÉFICIÉ D'UNE REMISE DE PEINE.
ELLE A FAIT DE LA PRISON ?!

DEPUIS LORS, ON SURVEILLE TOUS SES FAITS ET GESTES.
ET POURQUOI A-T-ELLE FINI AU TROU ?
C'EST LE PASSAGE LE PLUS INTÉRESSANT DE LA CHANSON.

"AZABACHE
...
... OUVRE LES YEUX !"

"CE TYPE
EST MALFAISANT."
*ILS HÉSITAIENT À LUI RÉVÉLER
LA VÉRITÉ QUI ROUVRIRAIT D'UN COUP
L'ULTIME BLESSURE.*
"CE TYPE
EST TON PÈRE."
*AZABACHE
SE DÉCHAÎNA.*
*ÉTENDUE SUR LE LIT À CÔTÉ DE LUI
(LÀ OÙ ILS GISAIENT)
AZABACHE VOULUT SAVOIR
SI LES RUMEURS IL CONNAISSAIT.*
*VOYANT SES YEUX PLEINS D'IRE
IL SE PRIT À RIRE*
*GONFLÉ D'ORGUEIL
IL PROFÉRA
LA PLUS GRANDE
DES HÉRÉSIES...*

... IL JOUISSAIT
IL LE SAVAIT ;
ELLE EST SA CHAIR
ELLE EST SA FILLE.
NOIRE DEVINT LA ROSE
AVEUGLE DEVINT LA COLÈRE
LE MEMBRE
VIGOUREUX
ELLE CISAILLA
ET DE SANG MACULA
LES INNOMBRABLES FLEURS
ET DANS LA SIERRA
UN CRI DE
MORT
RÉSONNA.

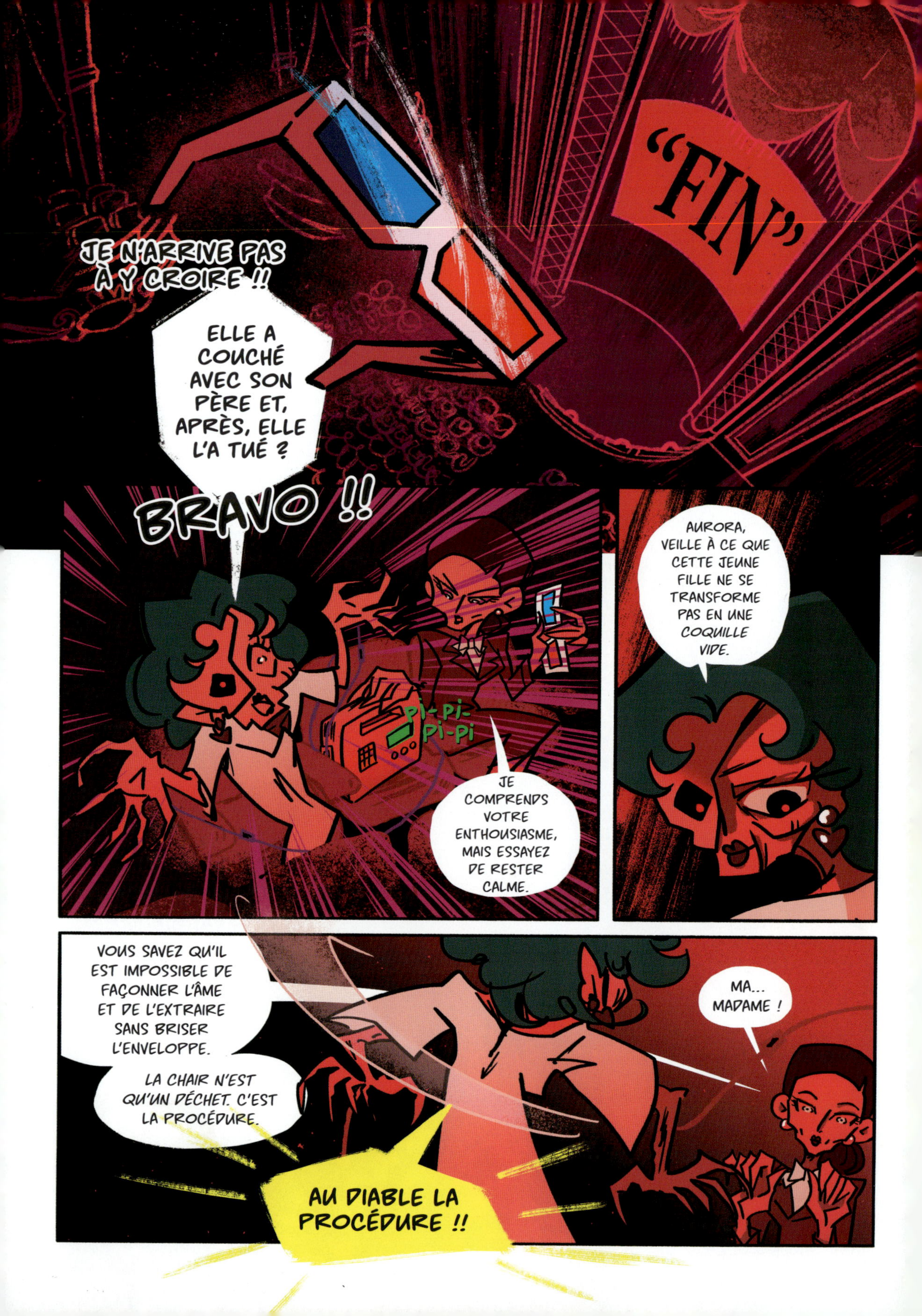
"FIN"
JE N'ARRIVE PAS À Y CROIRE !!
ELLE A COUCHÉ AVEC SON PÈRE ET, APRÈS, ELLE L'A TUÉ ?
BRAVO !!
PI-PI-PI-PI
JE COMPRENDS VOTRE ENTHOUSIASME, MAIS ESSAYEZ DE RESTER CALME.
AURORA, VEILLE À CE QUE CETTE JEUNE FILLE NE SE TRANSFORME PAS EN UNE COQUILLE VIDE.
VOUS SAVEZ QU'IL EST IMPOSSIBLE DE FAÇONNER L'ÂME ET DE L'EXTRAIRE SANS BRISER L'ENVELOPPE.
LA CHAIR N'EST QU'UN DÉCHET. C'EST LA PROCÉDURE.
MA... MADAME !
AU DIABLE LA PROCÉDURE !!

TU CROIS QU'À CE CORPS, PRATIQUEMENT EXSANGUE...
... IL RESTE D'AUTRES OPTIONS ?
PENDANT TOUT CE TEMPS ?!
VOTRE PLUS GRANDE... ASPIRATION ?
CE "DÉCHET", COMME TU L'APPELLES, A ÉTÉ PENDANT TOUT CE TEMPS MA PLUS GRANDE ASPIRATION.
-:-
PRODUCTION FONDATION Présente
-:-

LE CHANT DE LA FEMME CRYPTÉE
Loading
...
File 07/ AURORA
VOUS VOULIEZ ME VOIR, MADAME DOMÍNGUEZ ?
ASSEYEZ-VOUS, S'IL VOUS PLAÎT.
VOUS SEREZ BIENTÔT DIPLÔMÉE.
ON M'A DIT QUE VOUS SOUHAITIEZ DEVENIR CHANTEUSE.
EN EFFET.
J'AI TOUJOURS RÊVÉ DE DEVENIR UNE ARTISTE, MADAME.
QUAND J'ÉTAIS JEUNE, JE CARESSAIS LE MÊME RÊVE. À FORCE DE TÉNACITÉ ET DE TRAVAIL, JE SUIS DEVENUE UNE CHANTEUSE RICHE ET CÉLÈBRE.
C'ÉTAIT AVANT LA GUERRE.
C'EST POUR CETTE RAISON QUE J'AI CRÉÉ LA FONDATION !
POUR REDONNER ESPOIR AUX JEUNES FILLES DÉSEMPARÉES COMME VOUS.
/Année 2075.

VOUS VOUS SOUVENEZ DE VOTRE ARRIVÉE AU FOYER ?
VOTRE MÈRE VOUS AVAIT VENDUE À UN RÉSEAU PÉDOPHILE POUR UN PEU D'HÉROÏNE.
LORSQUE LES SERVICES SOCIAUX VOUS ONT ARRACHÉE À CET ENFER, VOTRE CORPS N'ÉTAIT QU'UN RÉSERVOIR DE MALADIES SEXUELLEMENT TRANSMISSIBLES.
ANGELITA DOMINGUEZ
ET, MAINTENANT, REGARDEZ-VOUS, AURORA !
VOUS ÊTES LA FIERTÉ DE NOTRE-DAME DE LA RÉDEMPTION !
VOUS ÊTES DEVENUE UNE BELLE FEMME ET UNE TRAVAILLEUSE ACHARNÉE.
UN GRAND MERCI, MADAME DOMÍNGUEZ.
MAIS, SOYONS HONNÊTES, MA CHÉRIE ...
... VOUS N'AVEZ RIEN D'UNE ARTISTE.
OUBLIEZ ÇA...
... JE SAIS CE QUE JE DIS.
CEPENDANT, VOUS POUVEZ RENDRE DE GRANDS SERVICES À LA FONDATION ET À L'ESPAGNE.
SOUHAITEZ-VOUS ENTENDRE MA PROPOSITION ?

NOUS ALLONS REJOINDRE LA ZONE DE HAUTE SÉCURITÉ DE L'INTERNAT.
NOUS Y SOMMES.
IL VA SANS DIRE QUE TOUT CE QUE VOUS VERREZ ET ENTENDREZ EST **STRICTEMENT CONFIDENTIEL.**
A1

?!
IL A ÉTÉ TROUVÉ ICI, SOUS TERRE, PENDANT LES TRAVAUX DE RÉNOVATION DE L'ORPHELINAT.
SA PRÉSENCE EXPLIQUE PEUT-ÊTRE LES PUISSANTES ONDES NÉGATIVES QUI ÉMANENT DE CETTE RÉGION DEPUIS DES MILLÉNAIRES.
OU CES ONDES ÉTAIENT DÉJÀ LÀ ET L'ONT GUIDÉ JUSQU'ICI...
... COMME ELLES L'ONT FAIT AVEC MOI.
SON NOM DE CODE EST "PROJET 1892"...
... EN L'HONNEUR DE L'ANNÉE DE NAISSANCE DU GÉNÉRALISSIME FRANCISCO FRANCO.
JE L'APPELLE AFFECTUEUSEMENT "PAQUITO".

EN TOUT CAS, NOS SCIENTIFIQUES NE S'ENTENDENT PAS SUR SA NATURE.
EXACTEMENT, MON ENFANT ! CE N'EST QU'UNE THÉORIE. ON IGNORE CE QUI SE PASSE VRAIMENT À L'INTÉRIEUR, MAIS IL DOIT POSSÉDER UNE SORTE D'APPAREIL DE DISTILLATION...
... QUI VIDE LE CORPS DE L'ÂME ET EXTRAIT LA SOUFFRANCE AVANT DE LA TRANSFORMER EN UNE SOURCE D'ÉNERGIE POUR SES PROCESSUS MÉTABOLIQUES...
MADAME DOMÍNGUEZ, ARRÊTEZ !
ARRÊTEZ AVANT QU'IL Y AIT DAVANTAGE DE **VICTIMES !!**
SALE HYPOCRITE !

LES TESTS AUXQUELS IL A ÉTÉ SOUMIS N'ONT RÉVÉLÉ QU'UNE CHOSE...
... IL DÉVORE AVEC AVIDITÉ LA DOULEUR DU CŒUR HUMAIN.
"LA DOULEUR DU CŒUR" ?!
CEPENDANT, SON DÉVELOPPEMENT S'EST BRUSQUEMENT ARRÊTÉ IL Y A QUELQUES MOIS.
L'INTERNAT EST DEVENU SON PRINCIPAL FOURNISSEUR.
TOUTES CES FILLES SONT...
À VOTRE AVIS, POUR QUI EST-CE QUE JE FAIS TOUT ÇA ?
LE FLÉAU DU NATIONALISME QUI NOUS A MENÉS À LA GUERRE A LAISSÉ UN PAYS EN RUINE.
LES FRONTIÈRES QUI ONT ÉTÉ ÉRIGÉES N'ONT FAIT QU'ALIMENTER LE RESSENTIMENT, CE QUI A CONDUIT À UNE SPIRALE DE VIOLENCE ET DE MORT.

SI, MALGRÉ LEUR SACRIFICE, VOUS NE CONSIDÉREZ CES FEMMES QUE COMME DE **PAUVRES VICTIMES,** C'EST QUE NOUS N'AVEZ PAS ENCORE COMPRIS L'AMPLEUR DE LA TÂCHE QUE NOUS ACCOMPLISSONS ICI.
LE CALICE RÉUNIRA TOUTES LES ÂMES EN UNE SEULE...
... ET, UNE FOIS VERSÉ SUR LA PLANÈTE, SÈMERA LE GERME D'UNE PATRIE NOUVELLE ET UNIQUE.

JE VOUS EN SUPPLIE, AURORA, **AIDEZ-MOI !** AIDEZ-MOI À DÉLIVRER LE MONDE DE LA DOULEUR !
AIDEZ-MOI À LUI RENDRE SA BEAUTÉ !
UN MONDE SANS DIFFÉRENCES ENTRE LES INDIVIDUS...
UN MONDE SANS GUERRE NI SOUFFRANCE...
LE PROJET 1892...

TEL N'ÉTAIT PAS VOTRE SOUHAIT ?!
DES ANNÉES PASSÉES DANS UN LIT M'ONT RENDUE MOINS IDÉALISTE.
INSTAURER UNE NOUVELLE HUMANITÉ... TU TE CROIS À CE POINT INDISPENSABLE POUR ASSUMER UNE TELLE RESPONSABILITÉ ?
NOTRE PASSAGE SUR TERRE EST AUSSI INSIGNIFIANT QU'UNE LUEUR À L'EXTRÉMITÉ DE LA VOIE LACTÉE.
MAIS CE DIEU ARCHAÏQUE, ENSEVELI DANS LES PROFONDEURS DE L'OUBLI, M'OFFRE UNE SECONDE CHANCE.
VOUS COMPTEZ UTILISER « PAQUITO » POUR EXTRAIRE L'ÂME D'AZABACHE MONTOYA ET TRANSFÉRER VOTRE CONSCIENCE DANS CE CORPS VIDE, N'EST-CE PAS ?
CONSIDÈRE-LE COMME UN BÉNÉFICE INATTENDU DE LA "PROCÉDURE". SLURP !
COMMENT POUVEZ-VOUS ÊTRE SI ÉGOÏSTE ?
TU PEUX PARLER...
... TOI QUI N'AS EU AUCUN SCRUPULE À DONNER LA VIE À UNE ENFANT DANS UN MONDE AU BORD DE L'EXTINCTION !
Boum boum

CE N'EST PAS COMME SI TU AVAIS ÉTÉ UNE BONNE MÈRE !
CRACK

AH, PAQUITO ! TU N'IMAGINES PAS CE QUE JE VIENS DE FAIRE...
IL N'Y A PLUS QUE TOI ET MOI.
KISHHK
KISHHK
KISHHK
KISHHK
KISHHK

FOOOOM
!
GROWAA
AAAAAAH!

LE CHANT
DE LA FEMME
CRYPTÉE
Loading
...
File 08/
AZABACHE
BANG!
BANG!
BANG

AZABACHE !
AZABACHE, RÉVEILLE-TOI !

IL N'Y A PAS DE TEMPS À PERDRE.
AH !
POK!
CE N'EST PAS LE MOMENT D'ÊTRE TÊTUE. ON RÈGLERA NOS COMPTES PLUS TARD.
COUPEZ !!
DIRECTRICE

ADMIRABLE ! NON SEULEMENT TU T'ES DÉBROUILLÉE POUR APPARAÎTRE DANS LA SCÈNE FINALE...
... MAIS TU AS PRESQUE RÉUSSI À ME VOLER LA VEDETTE. JE NE TE SAVAIS PAS SI AMBITIEUSE, HILDEGART.
M... MÈRE ?
QUE VOUS EST-IL ARRIVÉ ?
TU VEUX PARLER DE MON ASPECT ?
JE SUIS TOUT AUSSI SURPRISE QUE TOI !
DISONS QUE... PAQUITO ET MOI SOMMES ENTRÉS EN SYMBIOSE.
MA VIE EST LIÉE À LA SIENNE. ET LA SIENNE À LA MIENNE. ET, BIENTÔT, À CELLE DE TOUTE LA GALAXIE !

JE DOIS BIEN ADMETTRE QUE, **SANS TON AIDE,** ON N'Y SERAIT JAMAIS ARRIVÉES.
L'UTILISATION DES **IMMERSIONS** A EXACERBÉ LA DOULEUR D'AZABACHE MONTOYA.
IL EST TEMPS DE NE PLUS FAIRE QU'UNE AVEC CETTE OBSCURITÉ !

STOP !!
NE BOUGEZ PLUS, MÈRE !
Tel un éclair, le lieutenant Dolores Rodríguez avait sorti son revolver de la poche de sa veste...

!!
... mais Hildegart aurait-elle le courage de tirer sur sa mère ?
IL Y A TRÈS LONGTEMPS, J'AI FAIT UN RÊVE. **UN RÊVE PLUS GRAND QUE L'UNIVERS...**

... JUSQU'AU JOUR OÙ, ALORS QUE JE ME NOYAIS DANS LE CHAGRIN DU MONDE, JE ME SUIS ÉVEILLÉE À LA RÉALITÉ ET J'AI CONSACRÉ MA VIE AU PROJET 1892.
MALGRÉ TOUT, JE N'AI PAS PU EMPÊCHER LE DOUTE DE S'INSINUER DANS MON CŒUR. N'Y AVAIT-IL PAS UNE AUTRE VOIE VERS LE SALUT ? N'Y AVAIT-IL AUCUNE PLACE POUR L'ESPOIR ?
ET C'EST ALORS QUE J'AI COMPRIS : **UNE FILLE !**
JE DEVAIS ENGENDRER UNE FEMME QUI ENTRETIENDRAIT LA FLAMME DE CE DÉSIR.
J'AI TOUT DONNÉ POUR FAIRE DE TOI L'ARTISTE QUE JE N'AI JAMAIS PU ÊTRE. MAIS J'AI SEULEMENT RÉUSSI À T'ÉLOIGNER DE MON RÊVE ET DE MA FOI.
DIS-MOI, HILDEGART...
... MON DÉSIR A-T-IL ÉTÉ LA CAUSE DE TA DOULEUR ?
QWIRK

TU PENSAIS VRAIMENT QU'ADOPTER UN ENFANT TE DÉLIVRERAIT DU POIDS DU SANG ?
TU AURAIS DÛ SAVOIR QU'UN DÉSIR ÉGOÏSTE...
... NE POUVAIT QUE CONDUIRE AU DÉSESPOIR.
BANG

TSS
C'EST IMPOSSIBLE...
TOI ?
HI, HI, HI...
REGARDE-LA ! CHERCHE-LA ET TU LA TROUVER...
AAAAAAAAAAAAAAAH !
BAN

THUD!

DE LUNE BLANCHE VÊTUE
L'ÂME ENDEUILLÉE
DANS LA NUIT LES YEUX PLONGÉS
DANS LES RUES RÉSONNE SON NOM
...

AZABACHE!
AZABACHE
AZABACHE!
BENI DORM ♡ U

!!
/13 mois
plus tard...

TEATRO TEMPU
NOUS SOMMES EN DIRECT AU THÉÂTRE TEMPUS OÙ, IL Y A QUELQUES HEURES, AZABACHE MONTOYA A PRÉSENTÉ SON ALBUM.
AZABACHE
LIVE LIVE LIVE LIVE LIVE LIVE LIVE LIVE LIVE
RAPPELONS QU'ELLE A FAIT LA UNE DES MÉDIAS IL Y A HUIT ANS...
... LORSQU'ELLE A ÉTÉ CONDAMNÉE POUR LE MEURTRE DE SON PÈRE...
... AVANT QU'ELLE NE SOIT REMISE EN LIBERTÉ À LA SUITE D'UNE RÉVISION POLÉMIQUE DE SA PEINE.
LA VOILÀ !
VITE, ELLE S'EN VA !
MADAME MONTOYA, QUELQUES QUESTIONS !